すべての神様の十月（二）

小路幸也

PHP
文芸文庫

○本表紙デザイン＋ロゴ＝川上成夫

すべての神様の十月（二）　目次

戌《いぬ》の日に

ちょうど宅配便が来る時間だったので、何も確認しないでハンコを持ちながらはいはーいと玄関を開けた。

おばあさんが立っていた。

いや、実の祖母じゃなくて、見知らぬおばあさん。

和服を着て、何ていうのかわからないけど和服の上に着るコートみたいなのも着て、そして紫色の風呂敷包みを抱えて。

髪の毛が白髪《しらが》交じりの茶色だった。茶髪かよって思ったけれど、ひょっとしたら白髪になっていく途中の茶色なのかもしれない。薄くもなくて、むしろとっても豊かなボリュームの髪の毛。

どう考えても宅配便じゃない。

「こんにちは」

「あ、はい。こんにちは」

深々とお辞儀《じぎ》をされたので、こっちも思わずお辞儀を返してしまった。

「雑賀《さいか》たねと申します」

「さいかたねさん」

さいかって雑賀衆の雑賀かなってすぐに思った。歴史ものは好きなんだ。

雑賀さんっていう名字《みょうじ》で、たねさんっていうめちゃくちゃクラシカルな名前なんだろうけど、おばあさん何歳なんだろう。

これぐらいのお年寄りの年齢って本当にわからない。八十歳ぐらいには見えるんだけど。

そして、まったく見覚えがない。

隣り近所でこんなおばあさんを見かけたことはない。

雑賀たねさんなんていうおばあさんの知り合いもいない。

お年寄りや女性や子供には優しい男だと自分でも思ってはいるけれど、さすがにちょっと不審そうな顔をしてしまったんだと思う。

おばあさんは、雑賀たねさんはそんな僕を見てちょっと小首《こくび》を傾《かし》げた。その仕草《しぐさ》が、何というかチャーミングだった。黒目がちの眼もくりんとしていてそして丸顔で、何となくカワイイおばあちゃんだ。

「ひょっとして、聞いていませんか」

「何をですか」

「家政婦としてお邪魔《じゃま》することになっているんですが」

家政婦さん？

「え、うちにですか？」

たねさんは空《あ》いている手をひょいとたもとにいれてそこからiPhoneを取り出し

た。わぉ、ものすごく使い慣れてる。片手で持って親指でひょいひょいとスワイプしてる。何かを確認してる。

「ええ、あなたのお父様、西條進《さいじょうすすむ》さんからご依頼を受けて参りました。早産の危険性があって産婦人科に入院なさった奥様の出産が無事に終わるまで、お家《うち》のことを全部やってほしいと」

「親父《おやじ》が？」

まさか。

そんなはずが。

「え、本当にですか？」

こっくり、と、たねさんは頷《うなず》きながら微笑《ほほえ》んだ。

「料金は既《すで》に前払いでお父様から頂いておりますので、ご主人の方で私に支払いが発生することは一切ございません」

ご主人。

あ、僕のことね。

「毎日の食料品や消耗品など、お買い物の支払いも私の方で払っておいて、後日お父様の方で精算ということになっておりますので、ご安心くださいませ」

親父が。

あんなに美耶子《みやこ》との結婚に反対したのに。

それから一切連絡なんか取っていないのに。

☆

美耶子と出会ったのは三年前。ちょうど会社を辞めて独立してフリーになった直後だった。

人生におけるタイミングって、あるものなんだなって思うんだ。

その年に僕は三十二歳になっていた。グラフィック・デザイナーとして入社して十年経って、会社ではチーフになっていて部下もできていた。給料も上がっていたし、傍目《はため》には順調なデザイナー生活。

その一方で、そんなに魅力を感じないウェブの仕事がめちゃくちゃ増えていた。もちろん業界全体がそっちの方向であるのはわかっていたし、ウェブの仕事自体も楽しいものはたくさんあったけれども、何か違うって思いが日々募っていった。

だから、会社員としての仕事の傍《かたわ》ら、個人的にイラストを描いていた。アナログじゃなくてデジタル。IllustratorやPhotoshopを駆使したもの。一応美大卒だから画材を使って普通に描けるしそういう作品もあるけれども、デジタルの方が性《しょう》に合っていた感じだ。いろんなSNSを使って作品をアップしていた。

細々《こまごま》としたイラストの依頼はあったけれども大きな仕事になるものはなく、それでもコツコツと作品を描き続けていたんだけど、ある日、出版社の編集者から連絡があったんだ。それも、誰もが知ってる大手出版社から。

小説の装幀《そうてい》のイラストの、装画の依頼だった。

びっくりした。

その小説は、誰もが知ってるような売れっ子の小説家の新作だったから。

何でもその作家さんはネットもよくやっていて、たまたまサイトで僕のイラストを見つけて新作の装画にぴったりじゃないかって編集者に言ってきたそうだ。

本当に驚いて、そして喜んだ。

初めての、イラストレーターとしての大きな仕事だった。張り切って描いた装画はとても好評で、そして装幀デザイナーの手でデザインされて本が完成して、発売された。実はいちおうグラフィック・デザイナーでもあるから装幀もやってみたかったけど、そこまで贅沢《ぜいたく》は言えない。餅《もち》は餅屋だ。

もちろん、その小説は売れたらしい。同時に、僕のところに装画の依頼がどんどん舞い込んできたんだ。器用だったのも幸いして、いろんなイメージの装画の依頼に自分の画風を生かしたものをどんどん発表できた。

しばらくすると、装画だけじゃなくて、アニメの話まで舞い込んできた。キャラクターデザイン原案ってやつだ。ある小説に登場する全ての人物を僕が描いて、そしてそれを元にしてアニメキャラクターにするんだ。会社の仕事もあったから本当に目が回るぐらいに忙しくてまいっていたけど、充実していた。

イラストレーターとしての収入が給料を上回るようになったのが、ちょうどその入社十年目の年で、僕は退社を決意した。

フリーになる。

独立する。

それまでの1DKの部屋からも引っ越して、家に仕事場を作れるように1LDKのマンションを借りた。もちろん、そんなに立派なものじゃなくて、ごくごく普通のアパートに毛が生えたような賃貸マンションだったけど。

そのマンションの隣りの部屋に住んでいたのが、美耶子だった。

シングルマザーの美耶子と、まだ二歳だったかのん。

☆

部屋に入ってきたたねさんを見て、かのんはちょっとだけきょとんとした顔をしたけど、すぐに笑顔になってたねさんに近づいていったので、びっくりした。ものすごく内気で人見知りする子なのに。

「こんにちは」

「こんにちは！」

元気よく返事もして、またびっくりした。

おばあちゃんなら何ともないのか。そう言えば今までこんなお年寄りと一緒にいたことはなかったかもしれない。

「たねと申します。たねちゃんって呼んでね」

「たねちゃん？」

かのんは嬉《うれ》しそうに可笑《おか》しそうに笑った。

「何をなさっていたんですか？」

「テレビ観てた」

「そうですか」

たねさんは、ぐるりと部屋を見渡した。結婚したときにまた引っ越してきた2LDKのマンション。やっぱりそんなに立派なものじゃなくてものすごく古い物件で格安なんだけど、広さはあるしすごく気に入ってる。

「失礼ですが、あまりお掃除はされていないようですね」

「あ、すみません」

つい謝ってしまった。いや軽くかもしれないけど、掃除機なんかはかけているつもりだけど。たねさんはくいっと左手を上げて手首を見た。

Apple Watchがそこにあってまたびっくりした。

すごいなたねさん。iPhoneとApple Watchを駆使するご老人に初めて出会ったかもしれない。

「もうこんな時間ですから、お掃除は明日でよろしいですね。今日の夕食のご準備は？」

「あ、えーとパスタでも作ろうかと思ってましたけど」

「何のパスタですか」

「ミートボールがあるので、冷凍ですけど」

こくり、と、たねさんは頷く。

「今は冷凍食品がとても美味《おい》しいですからね。お嬢ちゃんは、パスタが食べたいですか？　白いご飯がいいですか？」

そうやってたねさんがかのんに訊《き》いたら、かのんはちょっと考えてからまたにっこり笑って言った。

「おかずは？」

「お嬢ちゃんのお好きなものを作りますよ。お魚でも、お肉でも」

「じゃあショウガ焼きと白いご飯がいい！」

「よろしいですよ」

たねさんがにっこり笑って、かのんの頭に手を置いて撫《な》でた。かのんは嫌がらずに喜んでいる。

お前どうしてそんなにもう懐《なつ》いてるの。

びっくりだ。知らない人が近くに来るだけで僕の後ろに隠れたりしているのに。

こんなに立て続けに驚いている自分にもびっくりだ。

たねさんが、こんなこともあろうかと一通りは買ってきましたって言って風呂敷包みを開けると、そこには保冷バッグがあって肉やらバターやらいろんな食材が出てきた。そして我が家の冷蔵庫を開けたり台所の引き出しを開けたりしてチェックして、満足そうに頷いていた。

「奥様はちゃんとお料理をされていたんですね」

「そう、ですね」

美耶子は、料理は上手《じょうず》だと思う。でも掃除は嫌いって言っている。洗濯は好きだって言っててその両者を好き嫌いで分けるのはどうしてなんだろうって思っていたけど。

「どうぞご主人はお嬢ちゃんと遊ぶなりお仕事をされるなりしていてください。後は全部このたねにお任せを」

「はぁ」

そう言われたら任せるしかない。きっとご飯の準備から片づけからお風呂の用意まで全部やってくれるんだろう。

親父が寄越《よこ》した家政婦さん。まぁあの親父だから、信頼できるところから、あるいは知り合いに頼んで捜したんだろう。間違いはないはずだ。

「あの、たねさんはご飯は」

「ご迷惑でなければ一緒に食べさせていただきます」

迷惑なんかじゃないけれど。

「えーと、住み込み、とかなんでしょうか」

寝るところの心配をしてしまった。たねさんは、ころころっ、と笑った。

「通いですよ。後片づけが終わりましたら、帰らせていただきます。明日はお嬢ちゃんは幼稚園ですね？」

「そうです」

「でしたら、六時に参ります」

六時。

「帰るときに合い鍵をお預けいただけたら、起こさずにそっと入って朝ご飯の準備をいたします。合い鍵はその都度《つど》お返ししますよ。もしも鍵を預けるのがご不安でしたら呼び鈴を鳴らしますが」

「あぁ、いや」

鍵は、ある。入院中の美耶子の分が。

「じゃあ、お願いします」

わかんないけど、鍵を渡しても大丈夫だろう、っていう気になってしまっていた。そもそも盗まれて困るようなものなんかこの家にはない。通帳とか印鑑は僕の部屋にあるんだから心配はない。

何よりも、僕はほぼずっと家にいて仕事をしているんだから。


たねさんが作ってくれたご飯はめちゃくちゃ美味しかった。

そして、仕事の手際も素晴らしかった。あっという間にご飯の準備や後片づけはするし、お風呂の掃除もしてお湯を張ってしまったし、その合間に、かのんにお風呂に入る支度《したく》をさせて自分で下着とか運ばせて。すっかりかのんと仲良しになっているし、僕はかのんの相手をしなくてもよくて仕事もはかどって。

有能だった。

「お風呂に入られている間に少し部屋の掃除をしますのでね。ゆっくりどうぞ」

かのんはまだ僕と一緒にお風呂に入ってくれる。女の子がいつまで一緒にお風呂に入ってくれるか、お父さんなんか臭いとか言い出すのはいつなのか、まったく口もきいてくれなくなるのはいつなのか。

そんなことをよく考える。

何よりも、かのんは僕の実子じゃない。今はもうすっかり僕のことをお父さんって思ってくれているけれど、大きくなったときにそれを改めて伝えるときが来るんだろうかって。

そして、まだ生まれていないけれど、かのんの弟。

僕と美耶子の子供と本当の姉弟になってくれるか。

結婚して、子供ができて初めてわかることがあるっていうのは、本当だって実感してる。子供ができたら、子供のことだけを考えて暮らしているんだ。

子供たちの未来のことを、ずっと考えている。

かのんと一緒にお風呂から上がったら、部屋の中がさっぱりしていた。もう夜だから掃除機はかけなかっただろうけど、いろんなものが片づいている。

「では、今日は帰らせていただきます」

もう帰り支度も終わらせていたたねさんが言った。

「あ、ご苦労様でした」

「明日から、よろしくお願いいたします」

「こちらこそ」

「また来るの？」

風呂上がりのふにゃふにゃした感じで、かのんが言った。

「はい、毎日来ますよ。かのんちゃんのお母さんと弟さんが帰ってくるまでね」

☆

たねさんは、本当に毎日来てくれた。

実は、かのんが幼稚園に行ってる間はともかくも、それ以外の時間の仕事の打ち合わせなんかは無理だなって思っていたんだけど、それも全然大丈夫《だいじょうぶ》になってしまった。これで、かのんがたねさんを怖《こわ》がったりしたらまた考えたんだけど、まったく平気だった。

仕事もセーブせざるを得ないかなって考えていたけど、それも大丈夫だった。幼稚園のお迎えから全部たねさんはやってくれて、僕はずっと仕事に集中できた。

かえって僕が、お父さんと遊ばなくていいのかな？　たねさんの方がいいのかな？ってちょっと悲しくなるぐらいに、かのんはたねさんに懐いてしまった。初めて母親と別れて暮らす淋《さび》しさも完璧《かんぺき》にどっかに行ってしまっていた。

そして、たねさんは家事だけじゃなくて、育児もたぶんベテランだったんだ。かのんを遊ばせたり甘やかしたりするだけじゃなくて、きちんと躾《しつ》けまで考えて接してくれた。

実際、美耶子がいるときにはかのんがお手伝いとかしているのを少しは見たことあったけれど、たねさんが来てからは自分で積極的にいろいろやってくれるようになっていった。

「えらいね、かのん」

そう言ったら、ちょっと恥ずかしそうに笑って言った。

「お姉さんになるんだもん」

「そうだね」

そんな言葉も初めて聞いた。美耶子に教えたらきっと喜ぶ。

かのんが幼稚園に行っている時間。

たねさんは掃除をしたり洗濯をしたり、買い物に行ったり。とにかく全部のことをやってくれていた。

僕は何もすることがなかったんだけど、コーヒーぐらいは自分で淹《い》れることにしていた。どうせコーヒーメーカーだし、それぐらいはしなきゃって。

「たねさんは、コーヒー飲むの？」

「飲みますよ」

「じゃあ、どうですか？　この豆は近くの自家焙煎《ばいせん》の喫茶店の豆で、気に入って僕がいつも買ってくるんです」

「あら、そうでしたか」

洗濯物を畳みながら、いただきますって微笑んだ。コーヒーをマグカップに入れて、手渡そうとした。右手を伸ばしたたねさんの、手首の上の方に、薄い少し大きめの痣《あざ》があった。丸い形の痣だ。

ちょっと気になったけど、もちろん、何も訊かなかった。

「たねさん、ご自宅は近いんですか？」

コーヒーを飲んで訊いたら、ちょっと首を傾げた。

「近いといえば近いですけどね」

電車で三十分も掛からない駅の名前を言った。確かに近いといえば近い。うちのマンションは駅から歩いて二分だから。仕事とはいえご老体を通わせることにちょっと罪悪感があったんだけど、年齢を聞くのもなんだしなぁと。ご家族なんかはいるのかなぁ、なんて思っていたら、たねさんが口を開いた。

「私はね、家族がいないんですよ」

いない。

「ずっと独り身でしてね」

「そうなんですね」

「兄妹はいたんですけれど、もう死んでしまったり、中には行方不明の子もいたりでしてね」

行方不明。何でまた、とは聞けなかった。人生いろいろだろう。

それに、仮にたねさんが今八十歳だとしたら、生まれたのは戦後じゃない。戦時中の生まれだ。兄妹の誰かが行方不明になったなんて、そんなこともあるかもしれないし、もっと若くて七十歳だとしても、戦後すぐの混乱期や復興期の生まれだ。

僕らには想像もつかない人生を送ってきていても、全然不思議じゃない。

「ですから、子育てもしていないんですよ」

「え、でも、子供の扱いがすごく上手というか」

「そりゃあ、この歳ですからね。いろいろ経験していますから」

それはそうか。この歳まで家政婦さんをやっているんだから、きっともう何十年も続けているのに違いない。子供にだってたくさん接してきたはずだ。

「ご主人は、初めてのお子さんですね」

そういうことは、全部親父に聞いたんだろう。

僕は初婚だけど、美耶子は再婚だって。子連れで結婚したんだって。つまり、かのんは僕の実子ではないことも知っているんだろう。

「そうなんですよね。でも、かのんと初めて会ったのもあの子が二歳のときだったので」

「まだ赤ちゃんと言っていいですよね」

そうなんだ。だから、美耶子との初めての子供ができるってことでの、何ていうか、緊張感みたいなものはない。僕はもうかのんと三年も一緒に生きているんだから。

「でも、やっぱりちょっと不安というか、考えるところはありますね。かのんは弟とうまくやってくれるかなとか。大きくなって、自分たちの父親が違うって知ったときにはどう思うかなとか」

「そうでございますよね」

うんうん、ってたねさんは頷いた。

「でも、ご主人」

「うん」

「そういうのを全部解決する方法が、ひとつあるんですよ」

「解決？」

たったひとつって。

たねさんは、にっこりと微笑んだ。

「愛情ですよ」

「愛情」

「愛だけじゃない。そこに情も入るんです。愛情は、どんな感情よりも強く伝わるものなんです。愛で結ばれた夫婦が離婚したとしても、親と子は愛情で結ばれていれば、何があっても大丈夫です。たとえ、他人の子だったとしてもです」

そう言って、強く頷いた。

「私も、実の親じゃない人に育てられたんですよ」

「え、そうなんですか」

ゆっくり微笑みながら頷いた。

「私はね、その人たちにたっぷりの愛情を注がれて育ったんですよ。その愛情のお蔭《かげ》で、それはもう幸せな人生でした。だから、大丈夫です。ご主人が愛情を持って育てていけば、きっと子供たちには伝わります」

じっと僕を見た。たねさんの眼は本当に愛らしいんだ。おばあちゃんにしてはとても澄んだ黒目がちの瞳。

「でも、親父とはね」

つい、言ってしまった。

「上手くいってないのですか?」

「結婚を反対されてね」

親父は、堅物《かたぶつ》だ。一流の高校や大学を出て、大学教授だ。父の同級生たちには官僚や医者や会社の社長や、そういう人たちがずらりといる。

だから、年上で元キャバクラ嬢で、ろくでもない男の子供を産んで離婚していた美耶子との結婚なんか認めなかった。

認められなくたって立派な大人であった僕たちはそれを押し切って結婚したけれど、親父は結婚式にも来なかったし、僕たちが実家の敷居《しきい》を跨《また》ぐことも許さなかった。

「子供ができたことは、おふくろには伝えたけど」

「でも、私がこうして来てますよ。お父様にだってあなたへの愛情はあるのですよ。結婚に反対したのも、あなたのことを思ってのことですよきっと。少なくとも、たとえば初婚で若くて看護師さんをやってる、なんていうお相手と比べたら、マイナスポイントはありますですよね」

「それは、世間体《せけんてい》としてでしょう？」

「そうだとしても、それは愛情故《ゆえ》ですよ。親の立場になってご覧《らん》なさい。ご主人はもう立派に親なんですから想像つくはずですよ。もしも、かのんちゃんが大きくなって、たとえ愛し合っているとしても、ヒモのような暮らしをしている男と結婚するなんて言ったら反対しませんか？」

たぶん、いや絶対にする。

「会ってみたらいい奴だったとしても、なんでそんな奴に」

そうか。

「そういうことか」

「そういうことですよ。でも、幸せになればそれでいいんですよ。親の望みは、子供が幸せに過ごすことです。それだけで、いいんです。お父様も、あなたたちが幸せにやっていて、子供まで生まれるというから、自分は反対はしたけれどもこれで良かったんだと。そう思って、私を寄越したんじゃないですか」

無事に生まれてからでいいから、ちゃんと自分で報告に行くといいですよって、たねさんは言った。

大丈夫ですよ、とお医者さんは言ってくれた。少し早めに生まれてしまったけれど、健康な男の子ですって。

☆

泣けた。

僕と美耶子の子。かのんの、弟。名前を一生懸命考えていたけれど、まだ決めてはいない。かのんが、ニコニコしていた。喜んでいた。おとうと、って。わたしのおとうと、ってずっと見ていた。

「親父に、このままかのんを連れて報告しに行こうかと思って」

ベッドに横たわっている美耶子に言うと、微笑んで頷いた。

「お礼も言わなきゃ。たねさんのことも」

「もちろんだ」

たねさんは、部屋で待っててくれている。

かのんと手を繋《つな》ぎながら、実家の玄関のインターホンを押したら、家の中から犬の鳴き声が聞こえて、あれっと思った。かのんが、わんちゃん！　って嬉しそうに言った。

母さんが玄関を開けると、白い犬もそこで出迎えてくれていた。柴犬っぽいけれど、何か混じっているかもしれない。

「お帰り」

「ただいま」

「かのんちゃん！　よく来たわねおばあちゃんちに！」

母さんとかのんは、何度か外で美耶子と一緒に会っているから、かのんも平気だ。うん！　って元気よく頷いた。

親父の革靴が玄関の三和土《たたき》にはない。

「父さんはまだ帰ってきてないの？」

「もうじきに着くわ。さっき電話あったから」

母さんが、眼を大きくさせて何か期待するような顔を見せた。

「生まれたのよね？」

頷いた。

「おとうとだよ！」

「そう！　良かった！　会いに行ける？」

「もちろん。もうしばらくは病院にいるけど」

嬉しそうに笑った母さんの足元で、犬も尻尾《しっぽ》を振っていた。番犬にはならないなこいつ。

「この犬、飼ったの？」

「そうなの。シロちゃんよ」

シロちゃん。そのまんまだね。上がって居間に行くと、足元にまとわりつくようにして匂いを嗅ぎながらついてくる。匂いを覚えてくれよ。かのんは、動物大好きなんだ。嬉しそうに触ろうとしている。

「なんでまた犬なんか」

前にも飼っていたけれど、死んでしまうのは辛《つら》いってそれから飼っていなかったのに。

「どうも迷子らしかったのよ」

「迷子？」

「家の庭に入ってきたのよ。首輪もしていたんだけど寄っていったらすぐに近寄ってきて甘えてきたって。それで、しばらく家に置いて、ご近所さんに訊いて回ったり、連れ歩いて散歩させて飼い主を捜してみたけれど、見つからなかった。

「お父さんがね、保健所や保護センターとやらに連れて行っても貰《もら》い手があるかどうかもわからないだろうって。だから、このまま飼ってやろうって。ちょっと似てるでしょ？　マメコに」

「あぁ」

そうだ。マメコに似てる。

まだ僕が小さい頃、この家で飼っていた、一緒に暮らしていた雑種の犬。僕が中学校に上がった頃に老衰で死んでしまったけれど。

「我が家に迷ってきたのも何かの縁だって、お父さんが言ってね」

「いつ？」

「ほんの二ヶ月ほど前よ」

二ヶ月。

それは、美耶子が入院した頃だ。母さんが、僕を見て、頷きながら微笑んだ。

「お父さんね。美耶子さんが入院したって友達から聞いて知ってたのよ」

「うん」

たねさんを手配してくれたんだから、そうなんだろう。

「ちょうどそんなときに来たのよシロちゃん。お父さんは、安産祈願だって言ってね。お前の仲間の、安産の犬の神様に頼んでくれって言ってたわよ」

安産祈願。

そうか、犬は安産の守り神だったっけ。

水天宮《すいてんぐう》とか戌《いぬ》の日とかあったよな。

そう思ったときに、ふいに浮かんできた。

マメコの顔。

姿。

「マメコ」

茶色い毛の、雑種の犬。全身茶色だったのに、右の前脚のところに空豆みたいな形に白い毛が生えていたんだ。

だから、名前もマメコ。

たねさんの右手にあったあざ。空豆みたいな形だった。

あれは、マメコの白い毛と同じ形。

「マメコってさ」

「うん？」

「何歳ぐらいで死んだんだっけ。人間で言うと」

「人間で言うと、八十とか九十とかそれぐらいだったかしらね。大往生《だいおうじょう》って言ってもよかったわ」

たねさん。

「家政婦さんがさ」

「家政婦さん？」

「父さんが頼んでくれた人」

母さんが、え？　っていう顔をした。

「お父さんが、家政婦さんを頼んだの？」

「そうなんだろ？　そう言って来たんだけど。たねさん」

「知らないわ。聞いてないけれど」

聞いてない？

母さんも？

「家政婦さんなんて、頼んだの？　あの人が？」

父さんが母さんに何も言わないで手配した？

いや、そんなことをする人じゃない。

ちょうどそこに、インターホンが鳴った。親父が帰ってきたんだ。

玄関に出た。入ってきた親父が、僕を見てちょっと眉《まゆ》を上げた。

「来てたのか」

「親父、生まれたんだ。子供。男の子だよ」

あぁ、って靴を脱ぎながら少し微笑んだ。

「聞いた。あそこには、同級生の医者がいるんだ」

そんなことだろうと思っていた。美耶子が入院したのも何もかも知っていたんだろう。お医者さんの態度にも、何かそんなふうな感じがあった。

「良かったな。安心した」

父さんが、笑顔で僕の肩を叩《たた》いた。こんなふうに喜んでくれるなんて、思ってもみなかったけど。

「父さん、家政婦さんだけど」

「家政婦さん？」

首を傾げた。

「家政婦を頼むのか？」

「いや、うちに寄越した家政婦さん。雑賀たねさん」

眼を細くした。

「寄越したって、誰がだ」

「父さんが」

僕の眼を見て、軽く首を横に振った。

「頼んでないぞ、そんな人」

頼んでいない。

でも、たねさんは。

マメコ。

「父さん。かのんをちょっと頼んだ。すぐに戻ってくるから」

走った。

家まで。

たねさん。あなたはひょっとして。

☆

「あら、お稲荷《いなり》さん」

夜の闇の中からひょっこり現れるのは、いつもの癖ね。

「どうもお久しぶり。今は篠田《しのだ》って名前だよ」

しのださんって。

「葛《くず》の葉ね」

「字が違うよ。今回の名前は？　何にしたの」

「雑賀たね。雑賀衆の雑賀にたねはひらがな。いいでしょう？」

ちょっと首を捻《ひね》って、笑ったわね。お稲荷さんあなた、いっつもその狐顔《きつねがお》の細《ほそ》面《おもて》だけれど、たまにはもう少しふくよかな感じにした方がいいと思うのだけど。

「あれかな？　ひょっとして、あの家に飼われていた犬の頃は雑種だったから、それをもじって雑賀たね？」

「そうよ。安直だったかしらね」

「いや、よくできた名前じゃないか。その様子だと無事にお子さんは生まれたようだね」

「もちろんよ。そうでなきゃあ、何のために私が行ったんですか」

「ま、そうだね。でもさぁ」

「何ですか」

上から下までじっくり私を眺めて。その眼もそんな細っこいのじゃなくて、もっとパッチリした眼にしたら？

「今度また安産祈願頼まれたときにはさぁ、もう少し若い女の子の姿にしたら？　何もそんな思いっきりおばあちゃんの姿にならなくたってさ」

「何言ってるんですよ、これだから狐は」

同じ仲間なのに、犬とは大違いで人を惑わすのが大好きなんだから。

「奥様が妊娠中の夫のところに、突然若い娘なんか現れてご覧なさい。どんな厄介《やっかい》事《ごと》を巻き起こすかわかったもんじゃないでしょう。こういうおばあちゃんがいちばんいいんですよ」

「ま、それもそうだね」

「そうですよ。あなたこそそんなちゃらちゃらした若い男で、今は何をやってらっしゃるの？」

「イベントだよイベント。プロデューサーみたいな感じでね。パーティ三昧《ざんまい》」

「いつも楽しそうでいいわ」

「楽しくならなきゃあ商売繁盛《はんじょう》の意味がないでしょ」

それもそうですね。

「じゃあ、まぁ後は引き継いでこのお稲荷さんが、その子供が生まれたご主人の商売繁盛は祈っておくけどさ」

「よろしくお願いしますね」

「あんまり期待しないでね。そもそもあのご主人、女運は良いけど、商売に関しちゃそんなに凄《すご》い才能はないみたいだから」

「ほどほどでいいんですよ」

それがいちばんなんです。

「煙草《たばこ》をワンカートン、いつでも買えるぐらいでいいんです」

「古いねー、たねさん。今どき煙草を例にあげてもダメでしょう」

「今はどうしたらいいんですか」

そうだね、って少し考えたわね。ほら、ぴったりのものはないでしょ。

「あれだ。毎月のスマホの料金を気軽に払えるぐらいがちょうどいいってのはどう？」

「なるほど」

それは、いい例《たと》えかもしれないわね。

「善人が金持ちになったってろくなことはないんですから」

「そうだけどね。まぁいざとなったら貧乏神が来てくれるよきっと。あれ、ご主人帰ってきたんじゃないの？　あの部屋だろ？」

お稲荷さんが指差したところは、マンションのご主人の部屋。

「そうね」

電気が点《つ》いたわね。

「会ってお別れ言うぐらいはいいんじゃないの？　何たってあんたの元の飼い主なんだから」

「いいんですよ」

置き手紙も何もしませんでしたけれど、毛が何本か落ちているかもしれません。気がつくかどうか。

また会えて、一緒に過ごせて楽しゅうございました。
どうかご主人、お元気で。

お稲荷《いなり》さんをよろしく

愛嬌《あいきょう》があって愛想《あいそ》がいい可愛《かわい》らしい子供だった。らしい。

祖父《じい》ちゃんにも祖母《ばあ》ちゃんにも父さんにも母さんにも美奈子叔母《みなこおば》さんにも義郎伯父《よしろうおじ》さんにも、親族一同集まった法事のときなんかでも、皆が口を揃《そろ》えて小さい頃の僕のことを評する言葉は「愛嬌があって愛想のいい可愛らしい子供だったねぇお前は」。

父さんの葬式のときにも、そういう話が出た。

僕は笑顔が本当に可愛らしく、しかもまったく人見知りとかものおじとかしない子供で、まだよちよち歩きの頃から一人で外に出ていき、商店街のよその店に行ってニコニコして遊んでもらっていたらしい。

もちろん、小さな商店街だからほとんど皆が僕のことを知っていて、あぁまたみつるちゃんが来たのかって相手をしてくれて、そうして「今うちにいるから」って母さんに連絡するのが日常茶飯事らしかった。

幼稚園ぐらいになったときの自分なら今でも少し覚えているけど、やっぱりそんなふうだった。どうしてあちこちの店にお邪魔《じゃま》していたかというと、喫茶店をやっていた自分の家とは違う雰囲気の店にいるのが、行くのがすっごく楽しかったみたいだ。

八百屋《やおや》さんやラーメン屋さん、電器屋《でんきや》さんにパン屋さん、床屋さんに自転車屋さん。

とにかく商店街のありとあらゆる店に行って、違う匂いに囲まれて、その店先でお客様の相手をしたり皆に可愛がってもらうのが大好きだったんだ。

その愛想と愛嬌の良さに、客商売の家に生まれるべくして生まれた、とも、よく言われていたらしい。

そして生まれた家が、人が集《つど》う喫茶店をやってるっていうのがまた天職っていうか、ピッタリなんじゃないかって。実家の店を継ぐために生まれたようなもんだなって。

それに反発を覚え始めたのは、中学生のときだ。

別に家の商売が嫌いだったわけじゃないし、小学生の頃から店の手伝いなんかはしていた。もう、トレイを持つのもコーヒーを淹《い》れるのもサンドイッチを作るのも、お手の物だった。

元々が器用な性質《たち》だったみたいだ。何をやらせてもそつなくこなしたし、そもそも愛想が良くて愛嬌もあるから客の受けもいい。

でも、それが何だ、って。

それが僕なのかって。

まぁ思春期ならではの、そういう思いだ。

周りの人に言われれば言われるほど、自分は店を継ぐために生まれたわけじゃないぞって。他にできることはたくさんあるんだぞって。

でも、特に才能もないなっていうのはすぐに気づいてしまったけれどね。音楽とか絵とか文芸とかの芸術的な才能はまったくなかったみたいだし、かといってスポーツがめちゃくちゃできたわけでもない。

何をやらせてもとりあえずは人並みか少し上手《じょうず》にはこなすけれど、それだけ。まぁ普通の人だった。

父さんが膵臓《すいぞう》ガンで死んでしまったのは高校二年生のときで、あぁこれはもう高校卒業したら働かなきゃな、って考えたんだけど、母さんは大学に行きたいなら行きなさいって言ってくれた。

父さんの保険金があるし、学資保険でちゃんと僕の勉強のための資金はあるから心配しないでいいって。母さんが一人になっちゃうけれど、子供が親から離れていくのはあたりまえのことで、そうならなきゃダメなんだからって。

大学を北海道にしたのは、一応はそこの大学で勉強したいことがあったからだけど、遠く離れたところで一人暮らしをしたかったたっていうのもある。

誰の眼も手も届かないところで。

海外っていう手段もあっただろうけど、さすがにそれは無理だろうって思ったので、日本ではるかな遠い地といえば北海道だ。九州や沖縄も日本の端っこの方なのにどうしてはるかな遠い地というイメージがないのかって不思議に思ったけど、やっぱり逃避行というか、ここから離れて遠くへ行くんだ、ってセリフに似合うのはどうしても北なんだろう。

もちろん自炊ぐらいできるし、愛想と愛嬌なんか関係なく周りに知り合いが誰もいなくたって一人で生活できる男なんだぞってところをはっきりさせたかったのも、まぁ動機としては、かなり情けないとは思うけれど、ある。

いや、あった。

そして、それは、できた。

北の大地で僕は四年間の大学生活を終えた。

少ない仕送りを有効に使うべくあちこちのスーパーでお買い得品を探し回ることも覚えたし、元々できた料理なんかはさらに腕に磨《みが》きがかかって、大学でできた友達から毎晩お前の手料理を食べたい、と懇願《こんがん》されるほどに上達した。

さすが実家が喫茶店だけあるな、ＤＮＡだなって言われたけど。いや実家の喫茶店で出してる料理なんかサンドイッチとカレーだけなんだけどって。料理の腕はほとんどまったく関係ない。

〈喫茶　花ふじ〉っていうのがうちの店の名前だ。〈花ふじ〉は漢字にすると〈花藤〉で、そのまま母さんの方の名字。読み方は〈かとう〉なんだけど、一回でそう呼ばれることは滅多《めった》になくてほとんど「はなふじさん？」って呼ばれてしまうんだって。小さい頃に聞かされた僕もそう思った。それで、店を出すときに名前もそうしたんだって。

祖母ちゃんの代からこの〈三角商店街《さんかくしょうてんがい》〉のちょうど真ん中辺りで、もう七十年ぐらいやってる老舗《しにせ》喫茶店。

祖母ちゃんの後を母さんが継いで、死んだ父さんは婿《むこ》に来たわけじゃないけど一緒にここに住んで、電車で小一時間掛かる千葉の運送会社に通って経理をやっていた。ついでにうちの経理も父さんが全部やっていた。

その運送会社に入社当時、現場経験ってことで配送部にいて、〈喫茶　花ふじ〉に荷物を届けに来たのが母さんとの出会いだったっていうのは何度も聞かされたし、リストラかもしくは定年退職したら、父さんも店に出て母さんを手伝うとも話していた。

結局それは叶わなくなってしまったんだけど。

小さな喫茶店でしかも小さな商店街のど真ん中だから、お客さんといえばほとんどご近所の人ばっかりだった。

ふらりと入ってくる一見《いちげん》の客なんか、三日に一人いるかいないかだった。たまに近所でリフォームとか道路工事とかが入ると、工務店の人なんかが鉢巻《はちま》き巻いたまんま昼ご飯を食べにやってくることがあるけど、それも工事が終わったら来なくなる。

隣りが松川《まつかわ》さんがやってる〈松川伽藍堂《がらんどう》〉っていう名前の古本屋だったんだ。

古本好きの人っていうのは、読書好きなのは間違いないけれど、なかでも紙の本が大好きでけっこうマニアックな人ばかりだと思う。ものすごく遠くからこんな小さな商店街の小さな古本屋にわざわざやってきて、古本を探したりする。そしてそういう人って、何故《なぜ》かいつも一定数いるんだ。

なので、〈松川伽藍堂〉にやってきて長い間本を探して買って、喉《のど》が渇《かわ》いた一休みって感じで、隣りにある、古さでは古本屋に引けを取らない我が家の喫茶店にふらっと立ち寄っていくお客さんは、多かった。うちに入ってきて、見つけた古本を袋から出してニヤニヤしながら、あるいは真剣な眼で読み出す人がほとんど。

これは個人的な観察による感想だけど、古本好きで喫茶店に立ち寄る人って、コーヒー一杯で粘《ねば》らない場合が多い。

長い時間を過ごすんだったらそれなりにお金を使わなきゃっていう観念があるのかどうか、食べ物を頼んだり二杯目のコーヒーを頼んだりしてお金を落としていくんだ。うちにとっても、かなり良いお客さんだ。

そういうのがなかったら、たぶん実家の喫茶店は常に近所の人しか入っていなかったのに違いない。

家が商売やってるっていいよな、って大学の友人に言われたことがある。もしも就職に失敗しても、実家の商売をそのまま継げばいいじゃないかって。

いや継ぐ気がまったくないから大学に来ていたんであって、もしも実家の喫茶店を継ぎたかったのなら、父さんが死んでしまった時点で、あるいは高校を卒業したときにさっさと実家で働いていた。

なので、就職先も北海道で探す気満々だった。そういう意味では僕は甘えん坊って言われながらもけっこうドライな性格だったんだと思う。普通っていうか、父親が死んで母親が一人で店を切り盛りしているんなら向こうに帰るんじゃないかって。

でも、こっちで頑張《がんば》ろうって思っていた。きっと母さんもそういう方が喜ぶんじゃないかって思っていた。

それが、ダメだった。

狙っていた植物バイオ関係の職種の就職試験に落ち続けて、内定なんかまったくもらえなかった。元々その業種はパイが少ないし、大学院を出てないから厳しいのはわかっていたし、でも諦め切れないからアルバイトで食いつないで来年に賭《か》けようかなって思っていた矢先だ。

一人で店をやっていた母さんが入院してしまったんだ。

そうして、卒業は決まったけれど卒業式を待たずして、故郷の〈三角商店街〉に帰ってきてしまった。


「まぁ」

僕が淹れたコーヒーを飲んで、満《みつる》さんが小さく頷《うなず》いた。年季《ねんき》の入っているブルーグレーの作業着がよく似合ってる。

「戻ってきたみつるちゃんの淹れたコーヒーを飲めるってのは、なんだか嬉《うれ》しいよ」

「どうも」

満さんは僕がまだ高二の頃に、商店街の同じ並びにある〈後藤《ごとう》電器店〉に入った二つ上の従業員。

偶然だけど名前が同じ〈みつる〉。

僕はひらがなで満さんは漢字。しかも名字《みようじ》も僕は戸川《とがわ》で満さんは十川《とがわ》。

こんな偶然もあるんだなってお互いに親近感も湧いたし、なんだか気も合ったんだ。僕が大学で向こうに行っている間もよく店に通ってくれて、母さんとも仲良しだった。

母さんが倒れたって連絡をくれたのも、満さんだった。

〈後藤電器店〉は電器製品はもちろん売ってるけど、そんなのはネットや家電量販店に敵《かな》うわけないので、家の電気に関することなら何でもやる〈町の電器屋さん〉だ。

一人暮らしの老人の家の電球の取り換えだけだって電話一本で飛んで行く。今日はやっぱりご老人の家に行って、〈Wii〉が映らなくなったっていうのを直してきたって。何のゲームをやっているのかと思ったら〈テトリス〉しかやっていないって。何でもファミコンの時代からずっとテトリスをやってるそうだ。

「そろそろ次のゲーム機ですねって言ったら、お孫さんから回ってくるのを待ってるんだってさ」

満さんは高校を出て社会人になってもう六年が過ぎて、すっかり大人の雰囲気を全身から醸《かも》し出している。僕がいない間にちょっと太ったらしくて、元々ぽっちゃりしていた身体《からだ》も一回り大きくなった気がする。後ろから見たらゼッタイ中年のおっさんにしか見えない。でも、めちゃくちゃ身が軽くて、テレビのアンテナを取り換えるときなんか、あの長い梯子《はしご》を飛ぶように上がってそして本当に中段ぐらいから跳《と》んで降りるんだ。

「あれだよみつる」

「なに」

「就職が決まらなかったのはあれだけどさ。助かったんじゃないか？　また来年狙えるんだろ？　その間ここで稼《かせ》げるじゃないか」

「稼げるって言えるほどうちが繁盛《はんじょう》してるかどうかわかってるじゃないか」

「それでもだよ。実家なんだから家賃は払わなくていいし食費だっておさえられるし」

　確かにそれはそうだけども。

「向こうの大学に行けたのも、父さんの保険金があったからだよ。母さんだってまた仕事ができるようになるかどうかわからないしね」

「これ以上親のスネはかじれないよな」

「かじるスネもないしね」

　幸い、母さんは軽い心筋梗塞《しんきんこうそく》だった。すぐに命にかかわるものじゃない。入院だって一週間で済んで、今は普通に生活してる。でも、今まで毎日毎日守ってきたこの店を、母さん一人で切り盛りさせるような無理はもうさせられない。心臓に爆弾を抱えてしまったようなものなんだ。

「じゃあ、どうすんだ。ここを継ぐのか？」

「二択だね」

僕がどこかに就職して基本はその収入で母さんと二人で生活する。その場合この店は営業時間を思いっきり短くするか、あるいは閉めるか。

それか、僕がこの店を継ぐか。

「仕事を選ばなきゃ何でもあるさ。何だったら〈後藤電器店〉に来るか？」

「後藤さんちに？」

「後藤の親父《おやじ》さん、近頃腰がひどくてさ。外に出られないからもう一人雇《やと》おうかなって言ってるんだよ。給料は安いけどお前一人雇えるぐらいの仕事はあるぞ？　そうすりゃ家も近いんだから仕事が終わった夜だけここを開けるとかさ。あ、おあげさんもういいんじゃないか？」

「うん」

「いい匂いだ」

満さんは仕事帰りに田中《たなか》さんに頼まれて、今日作る分の油揚げをうちまで持ってきてくれたんだ。ついでに休憩って言ってコーヒーを飲んでいる。

「いいよな、ここは。お稲荷《いなり》さんのある商店街って、雰囲気がいいぜ」

「そう？」

おうらさん、って皆が呼んでいるお稲荷さんが商店街の裏にある。

それはちょうどうちの喫茶店と隣りの古本屋さんの土地の中間にあるんだ。小さな小さな稲荷宮《いなりみや》で大きさは五十センチもない。そんなに小さいのに狛犬《こまいぬ》みたいな狐《きつね》もちゃんと二体揃ってる。

相当古いものらしくて、由来とか誰が作ったとか一切わからないんだ。わからないけど、商店街の人たちは皆ここで手を合わせていく。商売繁盛を祈るんだ。

そしてお供《そな》えのお稲荷さんを作るのは、これも理由は一切わからないけど、昔からうちの仕事だったんだ。祖母ちゃんから母さんになって、そして今はしょうがないから僕がやる。これも商店街にある〈田中豆腐店《とうふてん》〉で買ってきた油揚げを、しょうゆと本みりんと砂糖と出し汁で煮て味付けするおあげ。それに酢飯《すめし》を詰《つ》めて、かなり小さめのお稲荷さんを作って、お供えする。

本当に小さいから、女の子も一口でぱくり、っていけるんだ。

「それ、旨《うま》いんだよな。ときどき俺も貰《もら》っていたよ」

「商店会の予算で作ってるからね」

余っていれば地元の人なら誰に食べさせてもいい。誰も文句を言わない。僕も家にいるときにはよくおやつや夜食でこの小さなお稲荷さんを貰って食べていた。

だから、味の記憶は染みついている。

「食べる？　もう酢飯は出来上がってるし」

「お、そうする」

もちろんたくさん作ってもダメだけど、一個や二個しか作らないっていうのも難しいので、一回に作るのは十個ぐらい。毎日二個お供えするから、明日の分は取っておいて、六個ぐらいは適当に消化する。

僕が食べたり、こうやって店にやってくる商店街の皆に食べさせたり。

「何個？」

「二個。で、どうする」

「何を」

「うちに就職するかって話。俺から親父さんに話してもいいんだぞ」

「ありがたいけど、しばらく店を頑張ってみるよ」

店を一人でやるのには、慣れている。母さんだってまるで動けないわけじゃないし。

「何か、この店を繁盛させる方法も考えてみる」

「おう、そうだそうだ」

満さんが頷く。

「まぁ俺は地元の人間でもないただの電器屋の従業員だけどさ。若い連中が頑張って、この商店街全部を盛り立てていかなきゃならないだろ」

　そうだね。本当にそうだ。

　小さな商店街だけど、シャッターが閉じたままのところだってあるんだ。そしてそれは年々増えていきそうな気配でもあるんだ。

「相変わらず旨いわここのお稲荷さん。ごっそさん。行くわ」

「うん」

「一日一回は顔出すからよ。頑張ってくれよ」

「ありがと」

　じゃあな、って満さんが出て行った。

　こうやって、僕が帰ってきたら商店街の皆がいつも顔を出してくれるんだ。それはもちろん母さんの体を心配してっていうのもあるんだけど、皆が口を揃えて言うんだ。

　小さい頃から商店街のあちこちの店に顔を出して遊んでいた僕が、戻ってきてここに立ってるのは何だか嬉しいって。その愛嬌のある顔を見られて良かったって。できればずっとこの店をやってほしいって。

　そう思ってくれるのは、少し前までは鬱陶《うっとう》しいとも考えたんだけど、今はありがたいなって思う。何も取り柄《え》がない僕でも、ここにいて必要とされるのはありがたいって。

扉に付けている鈴がまたすぐに鳴ったので、満さんが忘れ物でもして戻ったかと思ったら、違った。

お客さん。

ギャルだ。

ギャルが二人店に入ってきた。

滅多にないことでちょっと面食らっちゃって、反応が一瞬遅れた。

「いらっしゃいませ」

初めに入ってきた子は染めてくるくる巻いた髪の毛、目元《もと》バッチリのお化粧、首のリボンがカワイイ制服の短いスカート、ルーズに着た萌え袖カーディガン、キラキラした赤い唇。

間違いなく正統派のギャルだ。

しかもけっこう二人ともカワイイ。

でも、あの制服って。

いやうちは高校生が制服のままで来ても全然平気だけど、どうしてM高の子がこんなところに。

そうか、古本屋の帰りか。

茶髪の子は、隣りの古本屋が本を入れるのに使っている紙袋を手に持ってる。女子高生が古本屋ってのもシブイけど、ないわけじゃないだろう。古本好きのギャルだっていてもおかしくはない。

「あー、静かでイイじゃん」

「席選びホーダイだね。テーブル広いし。奥行こ」

うん、今は君たちの他に客がいないから静かだよね。君たちが来たから一気に店の中の空気が変わって温度が二度ぐらい上がった気がするけど。席は全部空《あ》いてるからお好きな席へどうぞ。

いちばん奥のテーブルについたところで、グラスに水を入れてトレイに載せてカウンターを出た。

「いらっしゃいませ」

「はーい」

茶髪の子がニコッと愛想良く笑ってさし出したメニューを受け取る。黒髪ロングの子はこっちをちらりと見て静かな表情でゆっくり頷いた。

うん、そういうコンビか。賑《にぎ》やかな子と物静かな子ね。マンガとかにありがちだけど実際こういうコンビって多いよね。

「あたしはコーヒー、ここのブレンドは苦味《にがみ》と酸味《さんみ》どっち強いですかぁ？」

お、コーヒーに詳しいなんて若いのにこれはまた珍しい。いや僕も若いんだけど。

「どっちかといえば、苦味にふったブレンドですよ。でも、軽い苦味です」

「じゃあブレンドで」

「私はフレンチください」

黒髪の子はまたシブイものを。フレンチを頼む女子高生か。

「あー、ここって、勉強とかやっていいですかぁ？」

「あぁ、どうぞどうぞ」

勉強するのか。

ギャルなのに。

いやそれは偏見《へんけん》だね。何せ高校時代、っていうかずっとこのタイプの女子とかはまったくかかわり合いがなかったからよくわからないけど。

「その制服、M高だよね？」

「そーですよー」

ここら辺でも有数の進学校だ。東大とか国立のいいところの大学に入るような連中がゴロゴロしていて、僕なんかはとても行けなかった高校だ。

しかしM高にもこんなギャルがいるのか。まぁいるか。人は見かけによらないっていうけど、こんな格好《かっこう》の子でもめっちゃ頭がいいんだろうな。

「古本屋の帰り？」

そーでーす、って茶髪の子が紙袋をポンって叩《たた》いた。

「あー、でも塾の帰りね。古本屋に寄ったのはついでで」

「塾ね」

そうだそうだ。僕が北海道に行っている間に、道路向こうに大きな進学塾が移って来たんだった。頭のいい高校や大学を狙う子ばかりが通うような立派なところ。きっと月謝も高いと思う。

それで、こんな子が来ているのか。

「でもあたし、親戚《しんせき》なんだよー。隣りの」

「あ、そうなの？」

松川さんにこんな親戚の子がいたんだね。

「久しぶりに来て、本を買ったの」

松川さんのところは、今は松川さんのおじいちゃんしか住んでいないし、同じような歳の子供もいなかったから親戚なんか全然わからないけど。

そうなんだよな、〈松川伽藍堂〉さんも跡継ぎがいないから、松川のおじいちゃんが死んじゃったら、きっともう店も閉めることになるんだよなきっと。

コーヒーを淹れている間にも、ギャルたちはお喋《しゃべ》りしながらも参考書か問題集かわからないけど、それをテーブルに広げてノートも出して鉛筆を走らせている。器用だなーって思う。あれで問題が解けているんだ。

なんか、すっごい違和感がある風景だ。もちろん偏見になってしまうけど、ギャルが古くさい喫茶店のテーブルで、真面目《まじめ》に勉強している。

「はい、おまちどおさまです」

静かに歩いて静かに言った。勉強しているのに集中を切らしちゃ悪い。

「ありがとございまーす」

「どうも」

うん、どこまでもイメージ通りの二人だ。愛嬌あるハデなギャルと、クールビューティーなギャル。

「なんか、しょう油っぽいいい匂いがするんだけど」

うん、もう入ってきたときからずっとナチュラルにタメ口だよね君たち。いいんだけどさ。

「あぁ、お稲荷さんを作ったからだね」

「え、メニューにお稲荷さんがあるの？」

「ないよ。これはね、この店の裏にあるお稲荷さんにお供えするもの、いつも作るんだよ」

へー、って二人して眼をぱちくりさせた。

「知ってるよね？　お稲荷さんって。食べる方じゃなくて神社の」

もちろん、ってまた二人して同時に頷いた。

「あげだけお供えするのかと思ったけど、お稲荷さんにするんだ」

「そうだね。まぁいろいろだろうけど、この辺ではお稲荷さんを作って毎日お供えしてる」

「商売繁盛祈願だね」

ザッツライト。その通り。

「それ、人間もちゃんと食べられるもの？」

「もちろん。食べるかい？」

「え、いいの？」

「いいよ、今日お供えする分は取ってあるし」

松川さんの親戚の子なら、まぁ広い意味では商店街の人間の範囲内だ。それに、二人ともカワイイし。

四個だけ取って小皿に入れて出してあげる。箸《はし》はなくても小さいから爪楊枝《つまようじ》差すだけで十分。そういえばこの小皿に描いてあるのは狐の絵だな。

眼がキラッとしたね二人とも。お腹空《なかす》いていたのか。勉強した後って小腹が空くよね。若いんだし。

「はい、どうぞ」

パクッと一口で食べちゃう。

「美味《おい》しーい！」

「めっちゃウマイ！」

うん、いい反応だ。

「そう？　良かった」

「ねぇ、おじさん」

「お兄さん」

まだ僕は大学を卒業したばかりの若者だ。

「お兄さん、これお店で出さないのぉ？」

「お稲荷さんを？」

喫茶店なのに？

「めっちゃ美味しいし、小さいからこうやって勉強中でもすっごく食べやすいし」

「二個ぐらい食べても全然お腹いっぱいにならないからいいよね」

家帰ってから晩ご飯食べるんだからって。

　なるほど。それはそうかもしれない。学校から塾に行く前ってお腹空いてもガッツリ食べると眠くなるし、帰る途中もお腹は空くけど、帰ったらお母さんが作ったご飯があるんだろうから。

　お稲荷さんは、ちょうどいいか。

「塾に行く前でもさ、帰りでもさ、パクッと放り込んで行けたらきっとウケるよ！　少なくともあたしたちは毎日食べるかも」

「かも、ね。でも本当に美味しい。こんな美味しいお稲荷さん初めて」

　そうか、そんなに美味しいのか。

　考えたら僕はお稲荷さんはいつでも食べられるので、他で食べたことなんかなかったかもしれない。

「それじゃあ、もし出すんだったら、男の子には普通の大きさのお稲荷さんがあってもいいかもね」

　ウンウン、って茶髪の子が頷いた。

「あと、お茶だね。日本茶」

「お茶か」

　そうすると何だか和風茶屋みたいになっちゃうけど。

「意外とさ、あたしたちだってお茶飲むんだよ？　ほらペットボトルで」

「あ、そうだよね」

確かに。

「だからフツーにお茶と一緒に出てくると、お稲荷さんは食べやすいと思う」

「それも、マグカップでね」

黒髪の子が言う。

「私たちは家でお茶飲むときには、フツーにマグカップにしちゃうこと多いから、飲みやすい」

「なるほど」

どうせやってくる常連客はご老人も多い。その人たちには普通の湯呑みで出してあげればいいだけか。マグカップも普通のものじゃなくて、小さめのものがあってもいいかもしれないか。

お稲荷さんか。

考えてもみなかったなそのメニューは。

「本当に出してみようかな。お稲荷さん」

「いいね！」

二人揃って、グッ、と親指を突き出した。

茶髪の子はキーちゃんで、黒髪の子はフーちゃん。

あの日から本当によく来てくれるようになって、名前だけは覚えた。それ以外のことは全然知らない。

本当に見かけに依《よ》らずにマジメで、いや進学校でしかも塾通いなんだからあたりまえだろうけど、うちに来てもしっかり勉強して、そしてお稲荷さんを食べて帰っていくんだ。いつもテーブル席に座るからそれ以上親しくいろんな話をすることもないし、そもそも勉強の邪魔はしたくないし。

そして、二人が来るようになってからは、同じ塾に通っている子たちがたくさん来るようになっていった。男の子も女の子も、そして中学生も高校生も。

たぶん、キーちゃんとフーちゃんの二人が塾で言ってくれたからだと思う。あそこの喫茶店が静かで、しかもお稲荷さんがめっちゃ美味しいよって。いつも私たち行ってるんだよって。

何故なら、うちに来る高校生は、男子率が高かったからだ。

もちろん女子も来たけど圧倒的に男子率が高くて、しかもキーちゃんとフーちゃんの二人がいるときによく来るようだった。

いや君たち受験生だろう、とは思ったものの、その気持ちはお兄さんにもよーくわかった。

きっとここに来てお稲荷さんを食べながらも二人と仲良くなる機会をうかがっていたんだろうけど、そこは受験生。楽しくお喋りすることはほとんどなくて、皆がそれぞれに勉強していった。

そして、春から夏へ、秋へと季節が巡《めぐ》っていく中で、お稲荷さんも本当に人気メニューになっていったんだ。

キーちゃんが「小さい稲荷だからこいなりさんっていいじゃん」って言ったのでそのまま〈こいなりさん〉というメニューで出したら、そのうちに〈恋なりさん〉になってしまって、恋愛成就《じょうじゅ》とか恋人同士で食べるといいとかそんな話にもなっていったらしくて、何故かカップル率も高くなっていった。

基本的にお稲荷さんは商売繁盛のご利益《りやく》で恋愛成就の方はないとは思うんだけど、まぁそれはそれで良し。

お稲荷さんを出したことで、〈喫茶　花ふじ〉の売上は確実に伸びていった。商店街の人たちも、まさかお供えのお稲荷さんをメニューに出すことは全然思いつかなかったって言って、それでもその美味しさは知ってるから、電話で予約して持ち帰る人なんかもたくさんいた。今日は大きいのを十個くれ、とかね。

足りなくなってもすぐに〈田中豆腐店〉からおあげを買ってきて作ればいいだけの話だから、楽だった。

一日に百皿、つまり二百個とか出る日もあったんだ。

「まぁそれでも大した売上にはならないんだけどね」

「まぁそうだろうな」

満さんが頷いた。

小さいお稲荷さんの〈こいなりさん〉は二個で百円にしている。大きい方は二個で百五十円。五にしたのはもちろんお稲荷さんだけに、ご縁があるように。だから、仮に大きい方が百皿出ても売上は最大で一万五千円だし、そんなにすごいものじゃない。

「それでもさ、みつるちゃん」

「うん」

「商売繁盛っていうのは、儲《もう》かるってことだけじゃないぜ」

満さんが、そう言いながら小さく頷いた。

「どういうこと？」

「そりゃあ商売はたくさん稼げた方がいいだろうけどさ、それだけじゃない。その仕事を、みつるちゃんの場合はこの店をちゃんと続けていけるってことが、それだけでもう商売繁盛ってことだよ」

続けられること。

「商売ってのは、お客さんがいないとやっていけないじゃないか」

「そうだね」

「そのお客さんもどこかで仕事をして稼いでないと、ここには来られない。そういう人がいないとお互いに商売はやっていけない。みつるちゃんはさ、お稲荷さんを出したことでさ、若い連中をお客さんにできたじゃないか」

その通りだ。一時期はお客さんの八割は学生だった。

「あの若い学生さんたちがさ、ここで美味しいお稲荷さんを食べてしっかり勉強できていい時間を過ごした。そうして立派な社会人になったらさ、つまり若者の未来をちゃんと作ってあげたってことになるんだよみつるちゃんは。この店は」

未来を。

「そうして、ここで未来を作った若者がさ、ここの味を思い出してまた行ってみようかなってな。思うじゃないか。それって、将来のお客様をちゃんと摑《つか》んだってことなんだよ。それ即《すなわ》ち、商売繁盛さ」

「つまり、皆がちゃんと仕事できていなきゃ、喫茶店にもお客さんは来ない。僕は受験生たちにいい時間を与えたことで、将来のお客さんも作っていた」

「そういうことさ。そのうちにあれだぜ？　この店に来てお稲荷さん食べていたら必ず志望校に合格するってSNSであっという間に拡がるかもしれないぜ？」

笑った。

「それはないだろうけどさ」

でもわからないか。今は何でもありだから。

「まぁそういう意味じゃ、あれじゃん。みつるちゃんは小さい頃から商店街を回って皆のアイドルだったんだろ？」

「アイドルは言い過ぎ」

「そういうのも、将来の商売繁盛の基礎になってるのさ。皆、みつるちゃんの顔を見に来るんだろ？　この店にさ」

そうかもしれない。いや、きっとそうだ。

「感謝しなきゃ」

「誰に？」

「お稲荷さんを出せって言ったギャル二人に。キーちゃんとフーちゃん」

あぁ、って満さんが頷いた。

「俺は全然会ったことないんだけど、もうその子たちも卒業だろ？　大学とかどこに行くんだ？」

「いや、それは全然わからない」

二人とも受験前の頃になると、全然来なくなったから。

「体調管理とかあるからね。風邪《かぜ》とか引かないように塾からまっすぐ帰っていたんじゃないかな」

隣りの松川さんも、この間おじいちゃんが入院しちゃって、今は店が閉まっている。結局どういう親戚だったのかも訊《き》く機会がなかった。

「そうかもな。まぁそのうち二人で顔を出してくれるんじゃないか？　東大受かりました!!　とかさ」

「かもね」

あの二人が東大に行ってるなら、それはそれで楽しいと思う。そして、大学生や社会人になった姿で来てくれたら、本当に嬉しい。

そういうのも、確かに商売繁盛の姿なんだと思う。

「案外、あの二人おうらさんの狐だったりしてね」

「狐？」

そう。

「ほら、あそこのお稲荷さんの狛犬みたいな小さな狐。皆が赤やら黄色やら、いろいろな色で布飾り付けてるからハデじゃない。ギャルみたいに」

満さんが笑った。

「確かにな」

☆

「あー、やたちゃん」

わお、ホントにギャルだな。まぁそもそも狐は皆ハデなもの好きだからな。それが本性っていうか。

「やたちゃんはやめろ。マジでそんな格好してたんだな」

「似合うでしょー、ギャルよギャル」

「似合うけどさ。二人してそんな格好することはないんじゃないか？　一人は真面目な優等生風にするとかさ。その方が萌えるぜきっと」

「詳しいねやたちゃん」

「そりゃあ、八咫烏《やたがらす》はいつでも情報が命でしょ。世俗《せぞく》に通じてなくちゃ神様のお使いはできない」

「そりゃそうね」

「やたちゃんこそシブイね。電器屋さんだっけ？　あそこの」

「そうそう。十川満って名前ね。やたちゃんはやめろ。それにさ」

「なに？」

「お前たち、あそこの喫茶店でなんて名前で呼びあった？　フーちゃんとキーちゃんってなんだ？」

あら、って二人して笑った。

「簡単じゃん。フーちゃんはフォックスのフーで、キーちゃんはキツネのキーよ」

そんなバカみたいな。

「もっと凝《こ》れよ」

「いいんだよぉ、どうせわかんないんだから」

まぁそうだろうけどさ。

「お前たちは？　これであそこは終わりなのか？」

二人して揃って頷いた。

「もうあの店は大丈夫《だいじょうぶ》だってさ。あ、古本屋のおじいちゃんはもう少し生きてるからね。それにお孫さんの一人があそこをやるんだって。オシャレな古本屋になるみたいだよ」

「そっか」

「今度は私たち九州の福岡のお稲荷さんに行くから」

福岡か。しばらく行ってないな。

「福岡でなにすんだ」

「あたしたちのやることは同じよぉ、どこでもいつでもぐるぐるぐるぐる日本中を回って商売繁盛祈願」

「やたちゃんはいいよね。いつでもどこでも飛んで行って好きなことできるから」

その代わりにお使いばっかりなんだぜ。お前たちのためにお膳立てしたりさ。何かを成し遂げることはできないからな。

「これからどっかに行くの？」

俺はね。

「天狗《てんぐ》さまのところへね。ちょいと行ってくる」

黒い翼広げて、ひとっ飛び。

天狗《てんぐ》さまのもとに

俺に関する〈噂《うわさ》〉があることは知ってる。

噂ってのは大抵《たいてい》の場合は悪いものだ。

〈あの人、暴力団にいたんですってよ〉とか、〈あいつ女癖が悪くて飛ばされたってな〉とか、〈株で大損して破産したらしい〉なんてものとか、その他、口にするのも考えるのも嫌になるような〈噂〉ってのは、この世では毎日のようにどこかで飛びまわってるだろう。

特に最近はSNSなんかでとんでもない事実無根のフェイクをかまされて、人生が終わってしまうような羽目《はめ》に陥《おちい》った人もいるんだろう。

大昔は〈人の噂も七十五日〉なんて言われたらしいけれど、今は全部ネットの中に残ってしまう。消えるどころか忘れた頃に拡散されてしまったりする。

とにかく〈噂〉ってのは、怖《こわ》い。

はずなんだ。

ところが俺に関する〈噂〉ってのは、悪いものじゃないらしい。

いや、悪いっていうか、良いっていうか。

わからん。

良い噂なら、いや良い噂っていうのがどういうものなのかちょっと何とも言えないけれど、たとえば〈あの人は、実は自分の稼《かせ》ぎのほとんどを慈善事業に寄付しているんでしょう〉なんていうのは、良い噂だろう、な。たぶん、良い噂だろう。

そういうのはまぁ、仮に自分の耳に入って「何で？　してないよ？」と思っても放っておいてもいいものだとは思う。いやそんなことしてませんよ、とわざわざ否定して回ることもないような気がする。何かそれで自分に不利益を被《こうむ》る場合があるなら別だろうけれども。

でも、消防士である俺に関する噂は〈あいつが出場すると勝手に火が消える〉なんだ。

そう、火事が勝手に消えるんだ。

良い噂か？

火事が消えるんだからそれは確かに良い事なんだ。

そもそも消防士にとっては火事を消すことは、仕事だ。

それぞれに役割分担は確かにあるけれども、根本は火を消すことだ。確実に鎮火《ちんか》させることだ。

俺が出場した火災現場で必ず火が消えるんだから、良い事だ。出場しても間に合わずに消せないで建物が全焼してしまうこともある。もちろんそういう場合は類焼を防ぐために必死で消火活動と同時に防火活動をするんだが。

火が消えるのは、良い。

だが、消えてしまうのは、基本的には良い事なんだが、問題はどうして勝手に消えてしまうのか、だ。

しかも、俺が出場したら必ず、なんだ。

同じ分署でも交代制で、俺が出場しないときには勝手に消えないんだ。普通のと言うと何か嫌だけど、消火活動をするんだ。半焼ぐらいで食い止められることもあれば、全焼してしまうこともある。とにかく普通だ。いやそれを普通と言ってしまうのはちょっと語弊もあるし違うと思うが、勝手に消えたりはしないんだ。

勝手に消えるというのは、出場指令が出てさぁ行くぞ！　と出場したら、こっちが現場に到着した頃に消えちまうってことなんだ。ボヤとかで、現場にいたその家の人が自分たちで何とか消火したとかじゃないんだ。とてもボヤとは言えずその場にいた人間が誰も手に負えない火事のはずなのに、消えてしまう。

鎮火してしまうんだ。

消える原因も不明だ。

いや不明というか確かに、言葉が悪いが燃え草がなくなれば火は消える。そういうのではなく、まだ十分に燃えるはずなのに、勝手に消えたとしか言い様がない状況なんだ。

火災調査しても、そうとしか言えない状況。

自然に消えた、と。どう考えても自然に消えるような状況じゃないのに、消えているんだ。

出場するのはむろん俺だけじゃないから、俺と一緒に出た人たちも実はそう言われたことがあるらしい。

ただ、交代制で俺が別の班に回ったときにもそういうことが起こってしまって、消去法で考えていくと、俺が出場すると火が消える、ってことになってしまっている。

しかも、消防士は地方公務員であり、基本的には管轄《かんかつ》以外の地域への転勤はないはずなのに、俺は二年に一回はどこかへ回される。同じ管轄内ならあり得るけれども、都外に行かされることもある。かなり異例なことなんだけど、例外的にないわけじゃない。

その場合も、俺が出場したら、勝手に消える。

そんなことがもう五年も続いているんだ。つまり俺はもう五年もまともに消火活動をしていない。

いや、それは良い事なんだ。消防士が消火活動をしないで済んで、火が消えるんだから。良い事なんだ。警察と消防が暇ってことは平和ってことだ。

でも、しかしなぁ、って、いつも思っているんだ。

四年ぶりに最初の分署に、つまり自分のホームグラウンドというべき街に戻ってこられた。

どうして俺だけがこんなにも転勤があるのかって思うし同僚たちもそう思っているだろうけど、たぶん〈噂〉のせいなんだろうなぁって思っている。そもそも公務員なんだから、転勤や転属に異を唱えるわけにはいかない。よっぽどの家庭の事情でもなければ、辞令には従わなきゃならない。

隊長の加賀美《かがみ》さんに、ちょっと話があるって呼ばれたのは、戻ってきてからちょうど三ヶ月後の月曜日。会議室に一人で呼ばれるなんて消防士になってから初めてのことだったから、一体何だろうって。

「まぁ座れ」

「はい」

加賀美さんは俺が新人の頃も直属の上司だった。机の上には何か分厚いファイルがある。それを開いて、加賀美さんが顔を顰《しか》める。

「何かありましたか」

また異動でもあるのかと思ったけど、それならこんなふうには通達しないだろう。

「何とも話し難《にく》いというか、不思議な話があるんだがな」

「不思議？」

　およそ消防業務には似合わない言葉だ。消防に不思議なんてことはあってはならない。

「お前に噂があるのは、わかってるよな」

「わかってます」

　もう誰も面と向かっては言わない。言うのは同期の近藤《こんどう》ぐらいだ。

「お前がこっちに戻ってきてからも、既《すで》に十五回の出場があった」

「はい」

「その十五回が十五回とも、現着前に火が消えていた。勝手に、だ」

　頷《うなず》いた。

　そうなんだ。

　そして、俺がここにいない間にはそんなことは一度もなかった。また、噂が実証されてしまっている。

　俺はそんなこと望んでいないのに。

　あ、いや違う。消えて良いんだ。良いんだが。

「そしてお前が今まで廻《まわ》ってきた分署でも、同じことが起こっている。正直に言うくれないかという非公式の申し出もあるそうだ」
「もう都内どころか、ほぼ日本中の消防本部からお前を自分のところに廻してみて
「はい」
となく、西川《にしかわ》」

「あるんですか！」
やっぱりそうだったのか。俺だけがこんなにも転勤や異動があるのはおかしいと
は思っていたけれども。
「今までのもひょっとして」
加賀美さんが口を歪《ゆが》めた。
「それは、上の方で判断したことだから俺にはわからん。しかし現状、お前に関す
る〈噂〉は単なる噂ではなく、少なくとも事実ではある、と認めざるを得ない状況
になってしまっている」
「そうですよね」
頷くしかなかった。
「お前がそれに関わっているんじゃないか、つまりわざと火を付けて消しているん
じゃないかという話も出ているが」
「そんなことしてないですよ」

「ないな」

加賀美さんが大きく頷いた。

「そんなことできるはずもないし、やる意味がない。何のためにするんだって話だ。手柄にも何にもならないのに」

「しかも、不可能ですよね」

「不可能だな。お前にXメンやアベンジャーズみたいな超能力とかスーパーパワーでもない限りはな」

「あったらもっとハデに活躍してます」

まだ宇宙人は攻めてこないだろうから、世の中から火事をなくしてみせる。ついでに犯罪も。

「それでだな」

加賀美さんはファイルを広げて、首を捻《ひね》った。

「不思議な話というのは、お前のその噂にひょっとしたら関連するのかもしれん、というものが上がってきたんだ」

「関連？」

「現場写真だ」

たくさんのプリントがファイルから出されて、机の上に並べられた。

「知っての通り、現場では現場写真を撮《と》る。火災現場はもちろんだが、その周辺も含めてだな」

「そうですね」

つまり、弥次馬《やじうま》で集まっている人の写真も撮る。

これは決して表に出すこともないしほぼ非公式な形での撮影だ。現場写真を記録のために撮るのはもちろんだけれども、その他に現場に集まった人たちの顔がはっきりとわかるように撮るんだ。

これは、仮に火災が放火であった場合、放火犯は現場に戻る、もしくは火事を見に来るというデータに基づくものだ。

放火ではなく、弥次馬がただの近所の人たちってことなら、その写真もしくはデータは一定期間保存した後に処分される。放火の可能性が高いということであれば、その写真はきちんと精査されて捜査の資料として使われることになる。

「でも、自分はまだ放火の現場にあたったことはありません」

少なくとも今まではまったくなかった。

「そうだな。全て失火《しっか》だ。そこに疑念はまったくないのだが、ある人物がお前の現場に複数回写っていることが確認された」

「ある人物？」

「彼だ」

加賀美さんが指差したのは、オレンジ色の作業着のようなジャケットを着ている人物。男性。

「猫？」

〈ネコ捜索中〉という反射板の文字が光っている。

そういえば、あの猫はどうしてるかな。アパートの近くでよく見かけていたノラなのか半ノラなのか。ノラにしては毛並みがきれいな真っ白な猫。

「これは」

「三枚、つまり三つの現場に彼が写っていた」

「三枚」

それは、かなりの確率だろう。

「しかも、お前がここにいるときじゃない、N県の分署にいるときの現場にも彼が写っている写真があった」

「県を跨《また》いでいる？」

「これだ。これが、四ヶ月前のものだ。これが発見されて、偶然ではないのではないかと疑念が持たれた」

確かに。

「二枚、二回なら偶然で片づけられますね」

「そうだ。前の二枚はお前が管内にいたときのもので、それなら単なる偶然か、もしくはマニアということも考えられる。いるからな、一定数そういう人間は」

いるんだ。火事を見るのが好きな人は。もしくは、消防車やそういうもののマニアが。人の趣味をとやかくは言わないし、消防車が好きというのはまだ理解できるし放っておいてもいいだろうけど、火事が好きだというのは悪趣味だ。けれども、それを取り締まるような法律はないし、取り締まれるものでもないだろう。

「三枚目で、しかも他県となると」

「マニアでは済まされない、と俺も思った。どうだ、見覚えはないか?」

さっきから眺めているけれど。

「まったく見覚えはありません」

顔がはっきり写っているから、しっかりと判断できる。髪の毛はストレートで少し長め。年齢は二十代後半から三十代半ばぐらいか。少なくとも四十代ではないと思える。細面《ほそおもて》で、黒縁の眼鏡。

これでスーツでも着ていれば、どこかの大学の講師とかでも通用しそうな知的な顔立ちだ。

「職業は、猫捜し専門の便利屋さんか何かでしょうか」

どう考えてもそうとしか思えないが。

「それならば、まだ現場にいた説明はつくんだ」

「たまたま猫を捜していて、火事の現場に出会《でくわ》した、ですか」

「あり得ない話ではないし、依頼されたとも考えられる」

火事が起こっていて近くに猫がいるから助けてくれ、か。

「確かに、あり得ない話ではないですね」

「本当に見覚えはないんだな？　何年も会っていない親戚《しんせき》とか、あるいは小学校や中学校の同級生とかは？　年格好《としかっこう》はお前と同じようだが」

もう一度凝視《ぎょうし》して、子供の頃にはどんな顔をしていたか、まで想像してみたが。

「顔さえ覚えていない同級生ってことも考えられますけれど、とりあえず見覚えも覚えもないです。本当に赤の他人ですね」

加賀美さんがそうか、って言って小さく息を吐いた。

「我々は警察ではない」

「はい」

「警察であったとしても、このたぶん猫専門の探偵さんは、何か罪を犯したわけでもない」

それも、そうだ。現場にいたからっていうだけでは、何の罪もない。

「だから、こうして何らかの疑問点が湧いたからと言って、調べるわけにもいかないんだ。そもそも火事自体も不審火ではなく、過失だ。失火だ。そう結論が出ている」

「下手《へた》に私たちが調べようとしておかしなことになったら、訴えられてもしょうがないってことですね？」

「そういうことだ」

この写真は、あくまでも非公式の現場写真なんだ。

「だが、ひょっとしたら、お前の〈噂〉に何らかの説明をつけられる、もしくは関係する人物である可能性は、ゼロではない」

だと思う。

三回は、偶然にしちゃ多過ぎる。

「お前は猫は飼っていないよな」

「いませんね」

「知人に猫がいなくなったという人はいないか」

今のところは。

「どうだ有給休暇を取ってみないか？　そして、この人に会ってみて、たとえば火災現場からいなくなってしまった猫を捜すにはどうしたらいいか、なんてことを参考までに訊《き》いてみたくないか？　これはもちろん業務ではなく、あくまでもお前の意思で、だが」

そりゃもう。

「やります」

やるしかないでしょ。

「よし。許可する」

「この写真は持っていっていいですね？」

「もちろんだ。俺も実は興味があったんでな、ちょっとネットで調べてみたが、たぶんこの人だ」

コピー用紙を一枚、机の上に滑らせた。

サイトのトップページをプリントしたものだろう。

やっぱり便利屋さんだったのか。そして、いなくなってしまった猫を捜すのを得意としているみたいだ。

猫捜し専門の便利屋さん、いや探偵さんかな。猫を飼うことがずっとブームになっているから、そういうのをやっている人もけっこういるんじゃないか。

（猫か）

実は、猫は好きだ。

実家でも飼っていたし、不思議と昔から猫に好かれるタイプの人間だった。野良猫が集まっている公園なんかに行くと、呼びもしないのに猫がどんどん俺のところに集まってきて、猫好きの奴に羨《うらや》ましがられることもあった。

結婚でもしたら、そして自分の家でも持てたなら、猫を飼ってもいいな、と思ったこともある。

この猫捜しの探偵さんも、猫に好かれる人間なんだろうか。

☆

今日は、今夜はイケそうな気がしている。

たぶん、イケるね。

そういう僕のカンは当たるからね。

いやカンどころか、こんなに彼のすぐ近くで猫捜しの依頼が入ったんだから、これでイケなきゃおかしいよって話だ。

火事の現場ではないだろうけれども、その方がいいんだよ。今まではずっと火事の現場だったから余計《よけい》に上手《うま》くいかなかったんだよ。何せ集まっている人も多いしね。

そもそもあんな現場で捕《つか》まえようっていうのが無理があるんだ。騒がしいところでは無理だ。静かなところじゃなきゃ、捕まえられっこない。

その点、今夜のこの辺は静かな住宅街だ。

依頼されたのはハチワレちゃん。名前はマリアンちゃんだそうだ。メスだね。三歳。昨日の朝にうっかり開けてしまった窓から、大きな物音に驚いて飛び出してしまったそうだ。

飼い主さんが辺りを捜したときに一度目撃しているので、この辺にいることはたぶん確実。

そもそも飼い猫は、自分から遠くに行くことはあまりない。他の猫に追われていつの間にか遠くに行ってしまうことは確かにあるけれども、その場合も、これは経験上なんだけれども、左回りに自分が元いた場所に近づいていくケースが多い。あくまでも経験上だからどの場合にでも有効なデータではないんだけどね。

捕獲器は既に飼い主さんの家の玄関脇といつもベランダのところから見ているという庭に仕掛けてある。

他にも、目撃されたところで隠れるのに良さそうなところがあれば仕掛けたいところだけど、それは今夜あちこち回ってからだ。

(何かいるなぁ)

カーポートの中の車の下。

暗闇の中で影が動いたような気がした。気がしただけで見えたわけじゃないけど、大抵こういうカンは当たるんだ。

ここでライトを当てちゃいけない。目の前で立ち止まってもいけない。急がないで、まずはゆっくり通り過ぎるんだ。そうして、ゆっくりと地べたに寝転がるようにする。

猫はいったい何をしているのか、って感じでこっちの様子を見ようとするから、その瞬間を見逃さないようにする。

（いた）

猫だ。カメラのシャッターを押す。もちろんフラッシュもないしシャッター音もしない。そういうふうにしてある。

見た感じは、茶トラかな。

暗いから毛の色がはっきりしないでまるでグレーのように見えてしまうけど、茶トラなんだ。その辺は長年の経験でわかるんだ。

素人《しろうと》が夜に猫を探すと毛色を見間違ってしまうことが多い。猫の毛色は、夜中に光の当たらないところで見ると、白黒の牛ブチ以外はよくわからなくなってしまう。何故《なぜ》か犬の場合は猫よりははっきり見えるんだ。どういう理屈かわからんけどね。そういうものなんだ。

茶トラとなると、今回の依頼の猫じゃないね。近所に住んでいるノラか半ノラかな。しばらく姿を隠して待ってみる。

（動いてよ）

じっとしていると、動き出した。見失わないようにじっと見る。双眼鏡も使うしカメラのズームも使う。

歩き方や毛並みからすると、半ノラかな。この辺は完全なノラはそうはいないはずだし、身体《からだ》つきも毛並みもいい。

iPadのマップに印をつける。

「この辺で茶トラを発見、と」

こういう猫目撃マップが、見つけるのに有効に働く。

半ノラでもノラでも自分のなわばりを持っているんだ。

自転車で通り過ぎる人がいたので、ゆっくり動いて邪魔《じゃま》にならないようにして、すれ違いざまに静かに頭を下げる。

自転車のライトでジャケットに取り付けた反射板が光ったはず。レスキューにも見られるようにジャケットはオレンジ色にしてる。

背中には、〈ネコ捜索中〉の文字と肉球の絵。

腕章にも〈ネコ捜してます〉とある。腿《もも》にも肉球型の反射板が貼ってある。

通り過ぎた自転車が、止まった。

「あの」

「はい？」

二十代後半か三十代の男性。

「猫を捜す探偵さんですか？」

「そうですよ」

正確に言えば職業は〈便利屋〉で、違法なこと以外できることは、何でも請け負います。でも、近頃は猫を捜す専門の探偵として少し名が知れてしまったし、そして実はそっちの方が実入りが良かったりするんですよね。

「あの、いくらぐらいするんでしょうか。前に友達の猫が逃げてしまったことがあって」

料金ですね。

実は正規の料金なんてあってないようなものなんだけど、そこは同業他社との兼ね合いがある。あまり安く請け負ってもいつかどこかでしっぺ返しがくるから。

「状況にもよるのですが、大体は二十四時間の捜索で一万五千円からです。つまり、日給一万五千円と考えていただければ」

どの地区を捜すとか交通費とか、あるいは使用する備品等で多少変わってはくるけれども。

「そして、これは誇張ではなく二十四時間で一万五千円です。つまり、三日間に亘《わた》って一日八時間捜したとしても一万五千円です」

成功報酬《ほうしゅう》というものはないです。見つかっても見つからなくても、それは最低賃金として頂きます。

「その他にチラシを作って貼ったりする場合は別料金となりますし、たとえばチラシはそちらで作ったものを貼るだけならそれは捜索費に含まれます」

そういう具合に細かく刻んで料金設定をしてある。

「わかりました」

「名刺をお渡しししておきましょうか？」

「あ、ありがとうございます」

名刺を見て少し表情が変わった。

「東京なんですね？」

「そうです。事務所は東京です」

自宅兼事務所ですが。

「他の県まで行くこともあるんですか？」

「ご依頼があれば行きますよ。ただし交通費をいただくか、もしくは宿泊が必要であれば宿代も」

　ただ、いわゆるアゴ足は高くつく。

「遠いところでどうしても宿泊が必要であれば、弊社にはキャンピングカーがあります」

「キャンピングカー?」

　自分のだけれど。

「それを無料で停められる場所を用意していただくか、もしくは、その場所の料金を払ってもらえればどこへでも安く行くことはできます」

「なるほど」

　ここらでいいかな。

　言ってみようか。

「あの、すみません。この辺の方ですよね?」

「そうです。すぐそこのアパートです」

　iPadを取り出す。

「いや、実はですね。今、まさに近所のお家《うち》から逃げだした猫を捜しているんですが、ハチワレの猫です」

「ハチワレ」

「わかりますか？」

「わかりますわかります」

この人は、いい人なんだ。それはすぐに伝わってくる。だからあいつもずっとくっついていると思うんだけど。

「どの辺のアパートですか。今、そのハチワレの目撃情報を集めていて、そして捕獲器を置ける場所を探しているんです」

「捕獲器」

「猫を捕獲するカゴですね。お宅のアパートではどうでしょうか。猫を見かけることはありませんか。あったとしたら、それは猫にとって通りやすい場所ってことで、捕獲器を置かせてもらえると非常に助かるんですが、たとえばここです」

iPadを見せる。

「この周辺はよく猫が目撃されるんですよ」

「あ」

男性が、指差す。それはiPadのマップに書き込んでおいた猫目撃情報の多い地点のほんの少しズレたところ。

わざとそうしておいた。

「ちょっとズレてますけど、ここ、うちのアパートですね」

「そうですか！　ひょっとしてあなたの部屋は一階とかじゃないですかね？」

「一階です」

　夜だから騒がしくならないように、静かにゆっくり、それはすっごくラッキーだという感情を表に出す。

「依頼のあったハチワレは外に出る猫じゃないんです。だから、普段猫が目撃される場所からほんの少しズレていた方が通る可能性が高いんです」

「そうなんですか」

「なわばりとかありますからね。そのなわばりを避けて、かつ通りやすいところっていうのがあるんですよ。まさにここですね。あの、大変ぶしつけなお願いなんですが、今夜一晩、明日の昼ぐらいまででもいいんですが、お部屋の窓やベランダの近くに捕獲器を置かせてもらえませんか？　置いておくだけです。他には何も必要ありません」

「捕獲器ですか」

「借りている部屋の周囲は基本的には借り主さんの権利の範囲ですから、危険物でもなければ置いても大家さんも文句は言いませんし法的にも問題ありません」

　男性は、少し考えていた。

「いいですよ。お役に立てるなら」

「ありがとうございます！　じゃ、さっそく捕獲器持ってきますので、部屋で待っていただければ！」

設置したら、何でしたら少し様子を見ていてはどうですかって部屋に上げてくれた。その目的も察しがついているけれど、やっぱりこの人、基本的にすごくいい人なんだ。

消防士の西川さん。

あの猫がお世話になっている、って言うのは変だな。猫のせいでおかしなことになってる、って言うのも猫がかわいそうだけど。

「部屋の電気は消した方がいいですよね？」

西川さんが言う。

「あ、そうですね。カーテン開けとくなら」

たぶん、そんなことしなくても大丈夫だろうけど、ここはご厚意に甘える。部屋の電気を消して、小さなフロアライトだけ点《つ》けて、息を潜《ひそ》める。しかもコーヒーまで淹《い》れてくれた。

「このお仕事は長いんですか？」

西川さんが訊いてきた。

「そうですね。もう十年ぐらいはやってます」

「ずっと猫を？」

「そうでもないんですけど依頼は多いですね」

小声で話す。

西川さんも話を切りだそうかどうか迷っているよね。火事の現場にあなたいましたよね？ っていきなり問い詰《っ》めるように言うわけにもいかないだろうし。何せ犯罪じゃないんだから。

「あ」

来たな。

唇に人差し指を当てた。

（来ました）

（え？）

猫の足音。普通は聞こえないだろうけど、僕には聞こえる。間違いなく、白猫だ。ハチワレちゃんじゃないけど、ハチワレちゃんは少し後回し。後からちゃんと捜してあげるから。

捕獲器の音がした。

「よし」

捕獲器の中に、白い猫。

「大きな猫ですね」

「そうですね。西川さん」

「はい」

「お騒がせしました。これで、あなたの出場する現場で、火事が勝手に消えることはなくなります」

それが良いことじゃあないのが少し心残りというか、このままでもいいんじゃないかって気もするけれど、そもそも火事は起こらない方がいいんだから、それを願うしかないんだよね。

西川さんの眼が細くなった。

「まさか、知っていたんですか?!」

「知っていました。あなたが来るんじゃないかなって。で、見てくださいこの猫を」

捕獲器の中で、神妙な顔をしているこの大きな白猫。美人さんですけどね。

「ほら、尻尾《しっぽ》が二つに分かれているでしょう?」

「え？　あ！　本当だ！」

驚いているね。驚くよね。

「え、じゃあ、あれですか？　猫又《ねこまた》とかいう妖怪《ようかい》とかそういうのなんですか？　この猫」

奇形とか思わないで、すぐに猫又が出てくるところがいいですね西川さん。正確というか、まぁこういうものはそもそも曖昧《あいまい》なものなんですけれど。

「妖怪と言ってしまうとかわいそうかもしれないですね。要するに仲間ですよ。神様の」

「神様」

「西川さん、天狗《てんぐ》の羽団扇《はうちわ》って知ってますか？」

西川さんは羽団扇、って繰り返して少し考えた。猫又がすぐに出てくるならきっと頭に浮かんでいますよね。

「あれですか？　天狗が手に持っている葉っぱみたいな形をした大きな団扇」

「そうですそうです。それです。あれにはですね、実はものすごい神通力《じんずうりき》が込められていて、ほぼどんなことでもできるんですよ」

「こう、ひゅっ！　てやったら何でも飛んでいくとかありますよね」

笑った。

「そういうのもありますね。つまりは、風の力ですね。他にも火の力や水の力、ほぼどんな力も行使できる便利な団扇なんです。この猫はね、その昔に天狗さまの眷《けん》族《ぞく》だったんですけど、それを忘れてしまって羽団扇の力を尻尾に込めたままでこうやって半ノラで生きてきたんですね」

眷族、ってまた繰り返して言った。確認するのは、きっと消防士っていう仕事柄ですよね。何事もきちんと確認してから行動するみたいな感じで。

「じゃあ天狗の弟子《でし》みたいな感じってことですか?」

「そういうことです」

「え、それでは」

西川さんが眼を丸くした。

「ひょっとして、私が出場した火事が勝手に消えていたのは」

そして察しがいいです西川さん。きっと消防士としても有能な方なんでしょうね。

「こいつの仕業《しわざ》です。仕業っていうのは悪い言い方ですね。この白猫がやっていたんです。こいつは西川さんのことが大好きなんですよ。恩を感じているんです」

「恩?」

そう、恩。

「小さい頃です。まだあなたが幼稚園にも入らない頃。お母さんと公園で遊んでいて、あなたは怪我《けが》した白い子猫を見つけて、まだうまく喋《しゃべ》れないのに、必死にお母さんに訴えたんです。あそこに猫が！　って。助けて！　ってね」

「そんなことが？」

全然覚えていないって言う。

そうでしょうね。本当に小さい頃なので。

「お母さんに訊いてみるといいですよ。たぶん覚えています。その後お母さんは白猫を動物病院に連れて行って、そして怪我が治るまで一週間ほどですかね。あなたのお家にこの白猫はいたんですよ」

そして、白猫は誰にも気づかれずに去っていった。あなたも忘れてしまったんです。何せ三歳かそこらですから。

「なので、大きくなった西川さんのお役に立とうとして、火事の現場に先回りして消していたんですね」

そんなことを、って西川さんが白猫を見つめる。

「どうしてそんな」

「そういうものなんですよこいつらは。自分が大好きになった人のために時を過ごすことが、とても好きなんです。ただそれだけなんですよ。火事が消えたら仕事が楽だろうって、こいつは飛びまわっていたんです。何せ天狗さまの眷族でほぼスーパーキャットですからね」

西川さんが、じっと白猫を見つめている。

「怒らないでやってくださいね。本当にこいつは西川さんのことが大好きなだけです。でも、そういうのはやり過ぎるといろいろね、噂になってしまったり世の中を騒がせたりしちゃうんで」

連れて帰ります。これ以上騒ぎが、噂が大きくならないうちに。

天狗さまのもとに。

僕はね、元々は天狗さまの家来みたいなもので、烏《からす》天狗って言うんですよ。もっともそれは遠い遠いご先祖様の話であって、僕はごく普通の人間ですけれど。

それでも、血を引いているんでね。普通の人間とはちょっとずつ違っていて、いろんなものたちと話ができたりするんですよ。

だから、ときどきこうやって頼まれるんです。

天狗さまや、仲間の神様たちから。

何せ便利屋なので、何でもやるもんですから。

申し訳ないけど、僕がここから立ち去ったら、西川さんは今夜のことはわからなくなります。覚えていないんです。
それは僕のせいじゃなくて、天狗さまの仕業です。
そういうものなので、ごめんなさい。
いつかまたどこかで会えたなら、何かのお役に立ちますので。

死神に恋

わたしは、夏川麻美《なつかわあさみ》は、一度死んだことがあるんだ。

高校三年生の夏に。

比喩《ひゆ》とかギャグとかウソじゃなくて、本当に。ついでに夏川だから夏、っていうのもギャグでもないから。

本当に、一度死んでしまった。

人間は普通一度死んだらそれで終わりで、二度目っていうかこうやって生きていることなんかないはずなんだけど、わたしの場合は、死んでから、生き返ってしまった。

奇跡的に。

今考えても、奇跡的に生き返ったけど、死んだときもいやそれ逆パターンの奇跡だろ！　っていう死に方だったんだ。

や、死に方に奇跡的も何もないだろうけど、本当に。

高校三年生の夏休みの初日だった。

別に頭も良くないんだけど、一応は受験生で、とりあえずその辺の適当な大学に行くつもりだったわたしは、その日塾に行く予定になっていた。休みだけど朝、普通に七時過ぎに起きて、お母さんの作った朝ご飯をお母さんと二人で食べて、そして支度《したく》をして「行ってきまーす」って。

うちは、ごく普通のそれこそ一般家庭だと思う。

お父さんは警察で働いている。

警察官じゃなくて、警察署の事務をやってる。事務官とか警察行政職員とかいうんだって。訊《き》かれたときにはメンドクサイから単に事務職だよって答えているけど。

基本的には、普通の公務員。さすがに一般企業の事務職じゃないから警察ならではの仕事、たとえば犯罪の情報を集めて集計したりするようなこともあるらしいけどね。

お父さんは「普通の一般企業で言えば総務のポジションかな」って言っていた。総務って言葉は知ってるけど、そこがどういう仕事をするのかわたしにはわからないけど、警察の人だってたとえばパソコンで書類を作ってプリントアウトしたりするわけで、じゃあそのコピー用紙を手配したりプリンターの会社と取引きをしたりするのが、総務っていうお仕事のひとつ。

なるほど、って思った。皆の仕事が円滑《えんかつ》に回るようにいろいろと事務的な作業をするお仕事。そりゃあ警察署にもそういう人がいないと困るよねって感じ。そういえば学校にだって事務員さんみたいな人がいたんだったって。

お父さんは、顔も態度も地味《じみ》なんだけど、服とかのセンスはいい感じなんじゃないかな。若い頃はセレクトショップでバイトしたこともあるんだって。地味で普通だけど、優しいお父さん。

お母さんは、専業主婦。

洋裁の専門学校を出ているから、人に頼まれて何かの縫《ぬ》い物とかその辺のアルバイト的なものをやっているけど、基本はずっと家にいる人。でも、洋裁だけじゃなくて和装、着物の着付けなんかもできるからそういうのを近所の人に教えたりもしてる。仕事じゃなくて趣味でちょっとお礼を貰《もら》えるぐらいだって。

多少は口うるさいけど、わたしの意見とか考えとかもきちんと尊重してくれるし、まぁまぁいいお母さんだと思う。服の趣味も合うし。

そうやって考えると、わたしの親は二人とも洋服関係のセンスは良くて、わたしも、親の用意するものだけ着ていた小さい頃から、服装とかそういうのを褒《ほ》められることが多かった。

そういう両親の子供は、わたし一人。

我が夏川家は、誰かが事故ったり浮気したり貧乏になってしまったり重い病気に罹《かか》ったりわたしがグレたりすることもなく、本当に何事もなく毎日が過ぎてきた平和な平和な一般家庭。

普通の女子高生だったわたし。

それなのに。

わたしは、銃で撃たれた。

銃。

拳銃。

ガン。

アメリカか！　ってツッコミたくなってしまったけど。

生き返って話を聞いた後でね。

この日本で、拳銃で撃たれて死んでしまった人間はどれぐらいいるんだろうって話だよね。お父さんに集計してもらいたくなったよマジで。

間違いなく、ものすごい少数派だと思う。将来ゼッタイに鉄板のネタにできると思うよ。

わたしは、普通にバスに乗っていたんだよ？

塾に向かっていたんだよ？

バスも普通に走っていたんだよ？

そうしてわたしは窓際に座っていて外をぼんやり見ていた。お昼のご飯はコンビニで何を買おうかなぁとかきっと考えていた。朝ご飯食べたばかりなのに。

そうしたら、突然パンッ！　とかガシャッ！　とかいう音が聞こえたと思ったら肩のところに痛みみたいなものが走って。

その痛みも、普通じゃなかったんだ。

ああいうのを〈鈍痛《どんつう》〉って言うんだろうね。

わたしはこれでも読書大好きな女の子だからけっこう言葉も知ってるよ。

普通痛かったら人間は「痛い！」って声を上げるよね。チクッときたり誰かにつねられたり頭や背中を叩《たた》かれたりしたら普通に「痛っ！」って声が出るよね。出ないんだよああいう痛みのときって。

何かこう、本当に鈍い痛み。何かにグッ！　とものすごい一瞬だけ押されたような、固いものを瞬間的に押し付けられたような痛み。

昔の刑事ドラマで、拳銃で腹を撃たれた刑事が自分のお腹《なか》を押さえてから手を広げて「なんじゃこりゃあ！」ってセリフを言ったんだよね？　YouTubeで観たことあるし芸人さんとか物真似《ものまね》してたけど、あれってかなりリアルだったんだと思うよ。

わたしも、肩っていうか鎖骨《さこつ》っていうか、要するに胸のちょっと上辺りを押さえて何だろうって思って、押さえた自分の手が何かヌルってしたから手を広げて見たら血がついていて。

なんじゃこりゃあ！　って言いそうになったよ。

びっくりして、でも大きな痛みなんかなくて、どうしてこんなことになっているのか全然わからなくて周りを見回したけど誰も何も気づいていなくて。

生き返ってから聞いてわかったんだけど、そのときに暴力団のバカな人が同じようなバカな人を殺そうと思って、ビルの二階の何かの事務所で発砲《はっぽう》したんだって。拳銃を撃ったんだ。

何で朝っぱらからそんなことするんだって。

その撃った弾の一発が、窓から飛び出して、ちょうどそこを通り掛かったバスの、座っているわたしに当たった。

もう本当に逆奇跡でしょ？

そんなことあるわけないでしょ？

あったらマンガだよね。

あったんですよ。

文字通りの生き証人がわたしです、って上手《うま》いことも言いたくなるぐらい。

わたしは、自分の手に付いた血を眺めながら、そのまま気が遠くなって眼の前が真っ暗になって。でも、座っていたからそのまま寝ているような感じになって。

たぶん、そのまま死んだかして。

そう、一度死んだんですってわたしは。

わたしの様子に気づいた人は、最初は、わたしが座っているところの窓ガラスに丸い穴が空《あ》いているのを見て、石か何かが当たって割れたんじゃないかって。え、そしたらその石はどこに行った？　って思ってそこに座っているわたしを見たら寝ているように見えて。

何事もなかったんだろうか、でも窓が割れてるのは危ないから運転手さんに言わないと、と、そこまで考えてからわたしの服に血が付いているのに気づいて。

血を流しているわたしはようやくその誰かさんに気づいてもらえて、バスが停まって、救急車が呼ばれて、たまたま同じバスに乗り合わせていた看護師さんが止血《しけつ》をしようと頑張《がんば》ってくれて。

救急隊員の人は、着いたときにはもう明らかにわたしの心臓は止まっていたって。それでも蘇生《そせい》のために一生懸命やってくれて病院に運んでくれて。

でも、病院でもお医者さんや看護師さんが頑張ってくれたけどそのまま蘇生しないで、死亡が確認された。

確認されたんだ。

連絡を受けたお父さんやお母さんが病院に駆けつける前に。

この辺の話は全部、後からお父さんに聞いた話だけどね。

お父さんはそこはさすが警察に勤めている事務官だけあって、何があったのかを全部現場を調べた警察官の人に後から確認したんだって。目撃者の話も全部。

わたしは、死んでいた。

お医者さんが確認した。

でも、その後。ちょうどお母さんが病院に着いて、わたしが死んだことを知らされたときに、わたしの傍《そば》にいた看護師さんが気づいたんだって。

わたしの頬《ほお》に急に赤みが差して、胸が動いたことに。

その看護師さん、伊沢《いざわ》さんって言うんだけど、本当に偶然なんだけどバスに乗っていて止血をしてくれた看護師さんで、しかもここの病院に勤めていて、わたしが入院中ずっと担当していて教えてくれた。

もう二十年も看護師をやっているけど、一度死亡が確認されて、何にもしていないのに突然蘇生した患者さんに出会ったのは、わたしが初めてだったって。

私もびっくりしたけど、皆が本当に驚いていたって。

驚くよね。

きっとその場にわたしもいたら驚いたよ。いや、いたんだけどね。

どうして生き返ったのか、蘇生したのか、お医者さんもさっぱりわからないって言ってたらしい。

神の奇跡としか言いようがないって。

直接の死因は、いや生き返ったんだけど、出血多量。

肩口から入った弾丸が内臓やら血管やらを破って大量に出血してそのまま。わたしがまったく騒がなかったのと、誰も気づかなかったのと。二つの悪条件が重なってわたしは死んでしまったんだけど、どうしてそこから蘇生できたのか医学的には説明不可能な話で、まったく理由はわからないって。

できることならわたしを解剖《かいぼう》でもしてその理由を探りたいけれど、解剖しても結局わからないだろうって。わたしも生き返ったのに解剖されたくないしね。

全然まるっきりわからない。

どうして生き返ったのか。

何せ自分が出血してることに気づいたその次の瞬間に気を失ったか、そのまま死んじゃったんだから。そこでわたしの記憶は途絶《とだ》えて、次の瞬間には病院のベッドに寝ていたんだから。

でも、ひとつだけ、記憶があるんだ。

男の人がいたんだ。

スリーピースって言うんだっけ。薄い水色の三つ揃《ぞろ》いのスーツを着ていた男の人。

　どこにいたのか、わからない。バスの中なのか、救急車の中なのか、それとも病院の中なのか。その全部なのか。

　ずっといたような気もするんだけど。

　めっちゃイケメンの男の人。

　名前がわからなくて後から調べたけど、映画俳優のヒュー・ジャックマンによく似ているイケメン。

　日本人だとは思うけど、ひょっとしたらハーフかもしれない。

　その人が、わたしのすぐ傍にいたんだ。

　何かを話していた。心配そうな顔をしていた。とても悲しそうな顔もしていた。

　何かをわたしに向かって話しているのか、独り言を言っているのかわからないけど、とにかく喋《しゃべ》っていた。

　そして、わたしの顔を、頬の辺りをそっと撫《な》でた。涙を流していたかもしれない。本当に、本当に悲しそうな、辛《つら》そうな顔をしていた。

　わたしは消えそうな意識の中で、その男の人に思ったんだ。そんなに悲しそうな顔をしないでって。悲しいことがあったのなら、わたしが聞いてあげるって。そしてあなたを笑顔にしてあげるって。

　そんなことを考えたと思う。もしも身体《からだ》が動いていたのなら、その男の人をそっと抱きしめたと思う。

誰だったのか、全然わからない。

お父さんが後からいろいろ話を聞いて調べてくれたけれども、そんな薄い水色のスーツ姿の男の人はどこにもいなかったらしい。少なくとも、目撃者の中にはいなかったって。バスの中にも、もちろん救急車や病院の中にも。

でも、わたしは、その人が、奇跡を起こしてくれたんじゃないかって気がしたんだよね。

わたしを、救ってくれたんじゃないか。

そんなはずはないとは思うんだけど、この記憶はゼッタイに本当だし今でもはっきりと顔を思い出せるし。

悲しそうにわたしを見つめるイケメン。

確かにそこにいたのに、誰も記憶に残っていない人。

スーツ姿の辛そうな顔をした男の人。

わたしは、その男の人に恋をしたんだと思う。


「恋？」

「恋だと思う」

わたしは今まで男の人とちゃんとお付き合いしたことはない。好きになった男の子はいるし、デートしたりもしたけど、ちゃんと恋人同士になった人はいなかった。


「初めての、真剣な気持ちかも」

「でも、いなかったんだよね？」

「いたんだ。信じてくれる？」

病院にお見舞いに来てくれたみっちゃんは、ベッドの脇のパイプ椅子《いす》に座って、唇を、むーってへの字にしてわたしを見た。

「麻美が言うんなら、確かにいたんだろうけど」

「いたの。ゼッタイに」

「でもね？」

眼をパチクリさせた。みっちゃんの眼って本当に真ん丸で可愛《かわい》らしいんだよね。まるで柴犬みたいで。

「死ぬ間際《まぎわ》だったんでしょ？　よく言うよね人間は死に際に幻を見るとか」

「走馬灯《そうまとう》のこと？」

「そうそう、走馬灯。あれなんだっけ。幻じゃなかったっけ」

「走馬灯っていうのは、それまでの人生がバーッと駆け巡《めぐ》るみたいに見えることだよ。わたしの十七年の人生であんな男の人に会ったことないもん」

「そっか」

そう。会ったことない。

「ヒュー・ジャックマン？」

「そっくりだった。そのまま日本人にした感じ」

「背も高かった？」

そこまではっきりわからないけど。

「いい感じで体格も良かったと思う。スリーピースってさ、いい体格の人が着ないと様にならないでしょ？　カッコ良かったもん。すっごく」

うーん、ってみっちゃんが唸《うな》る。

「まぁ、現実的に考えるとさ、バスの中にいた人だよね。だって、そんなスリーピースを着た人が救急車の中にいるはずないし」

「病院の人だったら白衣《はくい》だよね」

「そう、だから仮にだよ？　仮に本当にいたとしても、バスにたまたま乗り合わせていて、まだ生きていた麻美が見たんだよ。救急車の中や病院じゃあ、麻美死んでたんだよね？」

「お父さんが聞いた話ではね。救急隊員の人も既《すで》に心臓は動いていなかったと言っていたって」

「じゃあ、もう決定だよ。バスの中にいた人」

でもねぇ。

「何となくだけど、や、確かにわたしは病院に着く前にもう死んでいたんだろうけど、傍にずっとスリーピースがいたような気がするんだよねぇ」

「お医者さんとか看護師さんに訊いた？　そういう男の人いませんでしたかって」

訊いた。

「いないって。そもそも救急車で運ばれてきたとき、同じバスに乗っていた看護師さんも一緒に来てくれたの。すごい偶然だけど、この病院のベテラン看護師さん」

「じゃあ確定。その男の人はバスの中にいた。そして目撃者としては証言しなかった人」

そうなんだろうけど。

もう少ししたら退院できると思うんだけど、入院して三週間が過ぎて、病院で過ごすのにもすっかり慣れちゃった。

消灯《しょうとう》時間になっても寝られないから、iPadでいろいろ観たり遊んだりするのが夜の習慣になってしまった。トイレにもすっかり一人で行けるようになったし、夜の病院の廊下《ろうか》を歩いてロビーでジュースを飲んだりするのにも慣れた。

夜に歩いている看護師さんたちの足音も区別が付くようになったんだよ。あ、あの人だ、とか。あれはスリッパの音だから患者さんだ、とか。

夜の十一時。いつものようにロビーで紅茶を飲んでいたら、聞き慣れない足音が聞こえた。

そっと歩いてはいるけれど、明らかに看護師さんたちのスニーカーのゴム底の音じゃない。スリッパの音でもない。

（革靴？）

ロビーの横をゆっくりと歩いていく男の人。

ふわりとした髪の毛、甘いマスク、すらりとした体格。革のジャケットにダメージジーンズっていう格好《かっこう》。

あの人。

あの男の人。

歩いていく。病院の廊下を。急いで歩いて追いかけて、大きな声が出せないから小声で「待って」って言って肩に触った。

男の人は、びっくりしたように慌《あわ》てて振り返って、肩を摑《つか》んだ瞬間だったからわたしは少し引っ張られるようになっちゃって。

振り返った男の人の胸に飛び込んでしまって。

男の人は、優しくわたしを受け止めて、わたしがパジャマ姿なのに気づいて少し慌てるように言った。

心地よく響くいい声。

「大丈夫《だいじょうぶ》ですか？」

「あ、大丈夫です。ごめんなさい」

「あなたは」

男の人は、少し眉《まゆ》を顰《ひそ》めてわたしを見た。

「あの、わたし、バスの中で拳銃で撃たれたんですけど、あなたに助けてもらったと思うんですけど、わかります？」

男の人が、眼を大きくさせた。夜の病院の廊下の薄暗がりの中でもきらきら光るような瞳。

「あなたは、私が、見えるのですね」

何を言ってるんだろうこの人は。

「見えますよ？　わたし、失明したわけじゃないです」

「私に触ってもいますものね。これは驚いた」

そう言って本当に驚いたような顔をして。

男の人はわたしを支えるようにして腕を軽く摑んでいてくれていたんだけど、軽くポンポンって叩くみたいにして、そして背が高いものだからわたしを見下ろすようにして。

「お元気になられたようですね」

やっぱり。

「わたしのこと、知ってますよね？　会ってますよねバスの中で！」

男の人は、頷《うなず》いた。

「知っていますよ。夏川麻美さん。高校三年生ですね。しかし、ちょっと待ってください。私は行かなくてはならないんです」

「どこへ」

夜の病院。そういえばこの人はどうしてここにいるんだろう。

「すぐそこの階段を降りたところのＩＣＵです。わかりますね？　あなたもそこにいましたから」

わかるけど。ＩＣＵへ？

「仕事があるんです」

仕事？

「お医者さんだったんですか？」

白衣は、着ていない。だから、お医者さんじゃないって思ったんだけど。

男の人は、軽く首を横に振った。

「私は、死神です」

なんて？

信じられなかった。

男の人は、見えるんだから仕方ないですね、って言って、そっとそこの陰に隠れて見ているといいですよってわたしをICUまで連れて行って。

男の人が、誰かが眠るベッドのところまで行った途端、警報が鳴りだした。お医者さんや看護師さんが慌てて飛んできていろいろ始めて。

男の人は、ベッドの傍でそれをじっと見ていた。

悲しそうな顔をして。

辛そうな顔をして。

ベッドの上で眠っていた誰かさんは、そのまま永遠に眠ってしまった。

男の人はそれを確認して、そっと誰かさんの頰に手で触れて、小さな溜息をついて、一度眼を閉じて。

わたしと一緒にロビーまで戻ってきた。

信じようと信じまいと、私は人間界では死神とされる存在ですって、死神さんは言った。

わたしは、信じちゃった。

だって、死神さん、影がないんだもの。夜の病院の廊下でもロビーでも薄い明かりは点いているから普通は影ができるんだけど、死神さんには影がなかった。それに、信じてもらうための努力はしなくてもいいんだけど、わたしは特別だからって見せてくれた。

死神さんは、壁を擦り抜けた。階段を上らないで、ひょいと跳んで上の階まで上がった。私の眼の前で消えて、またすぐに別の場所に現れて見せた。

信じるしかなかった。

「じゃあ、あのＩＣＵの人を殺しに来たの？」

死神さんは苦笑した。

「人間界でそういう誤解が常識になってしまっているのはわかっていますが、違います」

「違うの？　死神って人を死の世界へ連れていくんでしょう？　人の命を奪うんでしょ」

「違います」

二度もきっぱり、と言われてしまった。

「人が死ぬのは寿命です。天命です。運命です。私たち死神が殺すわけじゃありません。そこのところは、こうして話をしたあなただけでも誤解を解いてください」

「じゃあ、人が死ぬところに必ず現れて死後の世界へ連れて行くんじゃないの？」

「連れて行きません。行きませんでしたよね？　私はあなたとここにいますね？先程死去された患者さんとどこかへ行きましたか？　私は」

行ってない。そのままわたしとここへ来たんだ。

「私たち死神は、確実にその人が死んだことをこの眼で確認するだけです。ただ看取《みと》っているだけなんですよ」

「なんでそんなことを」

「それが、私たち死神の仕事です」

「お仕事」

「私たち死神の仕事というのは、成立した死をしっかりと見届けるものです。人間が肉体の活動を終えて、その生命を終えたことを確認しなければならないのです。そうしないと〈死〉は完成しません。私たちは野球のアンパイア、サッカーの審判と同じです。私たちがゲームセットのコールを、笛を吹かないと試合は成立しない」

　じっとわたしの眼を見てから続けた。

「そうしなければ〈死〉は、成立、つまり完成しないのです」

「じゃあ、そうやって見届けた後は、その死んだ人はどうなっちゃうの？」

「死んでいるんですから、どうもなりません。〈死〉は〈死〉です。生の停止です。それ以上でも以下でもないんです」

　それ以上でも以下でもない。

　ものすごく静かな言葉のような気がして、少し震えちゃった。夜の、病院の薄暗いロビー。椅子に座って向き合っているのは、死神さん。

「神様なんだよね？　死神さんは」

「そうです」

「その死神っていうのも、仕事なんだ。役職みたいなものなの？」

「大変素晴らしい理解ですね。会社にたとえるならまさしく役職で、私は〈死神〉です。他にも〈福の神〉〈貧乏神〉〈疫病神《やくびょうがみ》〉〈九十九神《つくもがみ》〉等々、この国にはたくさんの神様がいて自分の仕事をしています。八百万《やおよろず》の神という言葉は知っていますか？」

「もちろん。八百万って数字じゃなくて。たくさんの、ほとんどすべての物に神がいるという意味でしょう？」

うん、って死神さんはにっこり微笑《ほほえ》んだ。

「その通りです。神様は、人のいるところには必ずいます。私たちは、人と共にあるものです。人間がいなければ、私たち神様は存在などできなくなるでしょう」

「そうなの？」

「犬が神に祈りますか？　猫が運が悪いと嘆《なげ》きますか？　キリンが神社仏閣に初詣《はつもうで》に行きますか？」

何でキリン。

でも、確かにそうだ。この世で人間だけが、人だけが、神様のことを知っているんだ。

死神さんが、微笑んだ。

「そのままの意味ではありませんが、私たちたくさんの神様は、人によって生かされているのです。人のように普通の人生を送ることはできずに、ただ己《おのれ》が使命を全《まっと》うするだけの存在ですが、確かにこうして存在しています。私の場合は他の神様のように、人と関わることなく存在していますが、他の神様たちは人間と一緒に生活していますよ」

他の神様は一緒に？

「じゃあ、福の神とか、その辺にいるの？」

「いますよ。人間と一緒に暮らして文字通り福を与えています。ある程度期間も範囲も限定的ですが」

「貧乏神も？」

「私たち死神以外のすべての神様が、です」

でも、それは人間には決してわかることはないって。

「じゃあ、どうしてわたしは、死神さんとこうして話していられるの」

「そこが不思議です。私も驚きました。そもそもあなたが生き返ったこと自体が驚きです。確かに私はあなたを看取るために、あなたの傍に行ったのですから」

そうだったんだ。わたしが見たのは、死神さんがわたしの死を確認するところだったんだ。

「え、じゃあどうしてわたしは生き返ったんだろう？」

「わかりません。ただ、あなたが私をこうして見て話もして触れ合えるのも、一度私に出会って生き返ったからでしょうね。普通は、私を見ることなくそのまま死んでいき、生き返ることはありません」

「神様の仕業《しわざ》なのかな？　そういう神様もいるんでしょ会ったことないの？」

「あなたが言うのは、人の生死を、運命を司《つかさど》る神様のことでしょう。細かく言ってしまえば人間の寿命を決めるような神様の存在ですね」

「そう。だって死神さん、あなたは死を確認するために来るって言ったわよね。つまり、その人が死ぬってことが事前にわかっているんでしょう？　だから来るんでしょう？　ってことは運命を司る神様がいるってことでしょ？」

死神さんが、少し唇を歪《ゆが》めた。

「素晴らしい洞察《どうさつ》ですが、麻美さん。運命を司る神がいるのなら、わざわざ私たち死神が死を確認しに来る必要があるでしょうか？　絶対に雨が降るとわかっているのに確認しに外に出ますか？」

「あ」

「そうですよ。人の運命を、生死を司る神様になど私は会ったことも話を聞いたこともありません。人の死は、確認しなければならないのです。誰もそれはわからないのです」

「でも死ぬ前に来るんでしょ？　死ぬのがわかっているってことじゃない」

「天気予報を知っていますよね？」

知ってます。幼稚園の子供でも。

「近頃の天気予報の精度は素晴らしいですよね？　ゲリラ豪雨が間もなく来る、と予想されたらほぼ間違いなく来ますね？　範囲もかなり細かく指定されて」

「そうですね」

「私たち死神がやってくるのも、そういうものです。予兆《よちょう》です。精度の高い。人の死には必ず予兆があります。私たち死神はその予兆を元に死の現場に向かい、その人の死を確認します」

「確認するからには誰かに報告するんじゃないの？ それを命じた人が、あ、神様がいるんじゃや？」

「それは、内緒《ないしょ》です」

内緒なの、ここまで話して？

死神さんが微笑んで、天井《てんじょう》を見上げたから思わずわたしも見上げちゃった。

「内緒ですが、たぶん神様がいるんでしょうね。私たちのことを見ているのかもしれません。そしてそれは、人が知るものではないんだと思いますよ」

自販機を指差した。

「人は、素晴らしいですね。ああいう便利なものをどんどん作って暮らしを豊かにしていく。私たちはそれぞれの神様でしかありません。死神は、死神としてしか存在できません。でも、生まれ落ちた瞬間に、人は無限の可能性を秘めていて、何にでもなれる。それは何にも知らないからだと思いますよ」

「何にも知らないから？」

そうです、って頷いた。

「人は、何も知らないで生まれ落ちる。だからこそ、無限の可能性を秘めている。何もかも知って生まれ落ちたのなら、そこには何の可能性もないでしょう。何せ全部知っているんですから」

「そっか」

「そうです。だから、神様のことも人間は知らなくていいんです。まぁ、あなたの場合はこうして私の存在まで知ってしまいましたが、それもきっとあなたの可能性のひとつになっていくんだと思いますよ」

わたしの、可能性。

死神でしかない、死神さん。

「死神さんって、何歳なの？」

「私たちに時間の概念はありませんが、人間の感覚に当てはめるのならば、おおよそ三百歳ですよ」

三百歳。

「三百年間も、ずっと、人が死ぬ瞬間に立ち会っているだけなの？」

頷きながら、苦笑《にがわら》いした。

「人間の感覚で言えばとんでもなく辛いことのように思えるでしょう。でも、私たちは神様です。人間のような感情とは無縁ですからご心配なく」

でも、それじゃあどうしてあんなに悲しい顔をしたの。辛そうな顔をしていたの。わたしが死ぬときや、さっきの人が死んだときに。

悲しいからじゃないの？

自分の仕事が辛いからじゃないの？

「死神さんって、仕事というからには担当地域とかあるの？」

「ありますよ。他にも死神がいますからね。私の担当は東京二十三区です。もちろんそこを担当しているのは私だけじゃないですけれど」

「じゃあ、今夜みたいに病院に来ることも多いんだよね？」

こくん、と頷いた。

「かなり多いですね。今は死を病院で迎えることがほとんどですから。この病院にも何度か来たことがありますよ」

やっぱりそうなんだ。

じゃあ。

「死神さん」

「はい」

「わたし、お医者さんになるって、今決めちゃったみたい」

「医者にですか？」

「人が死ぬところに現れるんだったら、わたしがお医者さんになったら、あなたに会える可能性が増えるってことでしょう？」

「確かにそうですね」

「じゃあ、お医者さんになって、あなたに会えるようにする」

「ヒポクラテスの誓いを胸に人の命を救う医学の徒《と》が増えるのは、喜ばしいことでしょうが、何故《なぜ》会いたいのですか？」

「わたし、あなたに恋をしました」

死神さんの眼が、きれいな瞳が真ん丸くなった。

「あなたにまた会いたいです。あなたの恋人になりたいです」

「そもそも私は人間ではありません。恋や愛という感情とも人間の暮らしとももちろん死や老いとも無縁の存在です。したがってあなたの恋人になることはあり得ませんが？」

「あなたは、悲しい顔をしていた。わたしのところに来たとき。わたしは、それをはっきり覚えている」

死神さんの顔つきが変わった。

「人間の感情とは無縁って言ったけど、あんな悲しい顔をする人に会ったことない。死神さんに会ってから生き返った人ってわたしぐらいなんでしょう?」

「たぶん、そうです」

「あなたの恋人になるのが、わたしが生き返った理由じゃないのかな?」

そうとしか思えない。

奇跡中の奇跡。

死神さんが、ほんの少し微笑んだ。

「わかりました」

わかったって。

「え、恋人になってくれるの?」

「見事あなたが医者になり、そして私が看取りに来たときにまた出会い、その患者さんを救うことができたのなら、つまり、私の仕事をひとつなくして負担を軽くしてくれたのならば、そのときは教えましょう」

「何を?」

「私に、いつでも会える方法をです」

いつでも会えるって。

「そんなことできるの?」

「できます。たったひとつ方法があります。そのときに教えますよ。その方法であれば、私はあなたが呼べばいつでも、仕事中でなければご指定の場所へ馳《は》せ参じます。あなたの恋人になることは不可能ですが、一緒に時間を過ごすことはできます」

「わかった。わたし、ゼッタイになるから。お医者さんに」

「楽しみにしていましょう。あなたが白衣を着て私の前に現れることを」

　そう言った死神さんの姿が、消えた。

☆

　一人の看護師がふいに私の前に現れた。

「変な約束しちゃったのね、〈死神〉」

　おや、あなたは。

「この病院にいたんですか。〈福の神〉」

　前に会ったときには、確か商社に勤めるキャリアウーマンで、坂崎《さかざき》さん。

「気づかなかった？　久しぶりだものね。この前の、私の自殺未遂《みすい》の一件以来かしら」

　そうですよ。

「しかも、あなたが〈福の神〉であることを忘れて自殺未遂すること以外で、こうして会うのは初めてかもしれませんよ」

「皮肉？　今日はちゃんとわかってるわよ。自分は〈福の神〉だって」

そのようですね。

「今のお名前は？」

「伊沢史子《ふみこ》。勤続二十年のベテランナースよ。ついでに言うとあの子が撃たれたバスにたまたま乗っていた看護師っていうのは私」

なるほど、そうでしたか。

「あなたがそうやっているということは、彼女は」

「私のせいで、とんでもなく運が良くなったことは間違いないわよね。何せ死んだのに生き返っちゃって」

「そうですね」

「しかもね〈死神〉。あの子、あんまり成績は良くないのよ。高校も別に進学校でもないし」

「そうなんですか？」

「そしてもう高三の夏よ？　普通ならどんなに頑張ったって医学部なんかに受かるはずないの」

「でも、受かるんですね？　これからあなたが傍にいるから」

「受かっちゃうわよ。そして頑張って優秀な成績で医者になるわよ間違いなく。あなたとの約束を果たす日はそう遠くはないかも」

それはまぁ、喜ばしいことです。

しかし。

「〈福の神〉」

「なぁに」

「直後とはいえ、死んだ人間を生き返らせるほどの力があなたにあったとは知りませんでしたが、近頃の〈福の神〉はパワーアップでもしたのですか？」

「そんな力、私たちにはないわよ」

「ですよね」

「私が乗り合わせていたことで、本当ならこめかみに直撃したはずの弾丸が窓枠を擦《こす》ってズレただけよ。即死になるところを、少し時間が掛かって出血死になっただけ」

なるほど。

「そういうことでしたか。しかし、私が仕事をしに来たのに、生き返ってしまった。まさか召喚《しょうかん》もされていないのに、私の姿を見えるようになる人がいるとは思いませんでした」

「そんな方法があったとはね。神様も、とんだ気紛《きまぐ》れをするものね」

神様、なんでしょうねきっと。

彼女を生き返らせたのは。

「案外、ボーナスかもしれませんね」

「ボーナス？」

「私たち死神は、あなた方のような他の神様みたいに、人間社会で人と共に過ごして、働いてお給料を貰えたりしませんから。さっきの自販機でジュースを買うことだってできません。不憫《ふびん》に思った神様が、たまにはいいかと」

「あぁん、なるほどね」

そういうのも、あるのかもしれません。

眠れぬ夜の神様

「シンジさ」

「うん？」

「来たときからずっと気になっていたんだけどさ」

「なに」

答えるのに口は動かしても顔は向けないし描く手も止めない。きっちゃんも手はずっと動いているしこっちに顔も向けない。

マンガ家の特技。

喋《しゃべ》りながら絵を描ける。

喋りながらだと描けない人もいるらしいけど、まだ会ったことはないなぁ。僕が直接知ってるマンガ家もしくは絵師の皆さんは、皆喋りながらでも絵を描ける。デジタルでもアナログでも。

「カノジョできた？」

「何それ」

BL描きながらカノジョの話するってあれだよね。まぁそもそも男でBL描いているのそんなにたくさんいないし、それでも僕はノーマルなのでカレシではなくカノジョが欲しいけれど。

「いないの知ってるじゃん。何で？」

「この部屋、何かすっげぇ良い匂いするんだよね。前にアシに来たのいつだっけ？」

「二ヶ月ぐらい前じゃない？」

「そのときには全然しなかった匂いがする」

「そう？」

良い匂い？

「俺、匂いにけっこう敏感《びんかん》なんだよね。特に部屋に漂《ただよ》う匂いには。こないださぁ、三月清隆《みつききよたか》いるじゃん」

「あー、三月先生」

連載持ってからキタよねー。羨《うらや》ましいぐらいに。

「あいつのアシに臨時で行ったんだけど、部屋にさぁ、耐えられない匂いがしていてさ」

「何それ」

耐えられないって何の匂いなの。

「訊《き》けないじゃん。臭《くさ》いですけど？　なんて。あいつとは友達でもないからさ」

「まぁそうか」

「たぶん、部屋の芳香剤《ほうこうざい》をいろいろ使ってるんだろうけど、それと台所の匂いが入り混じったようなとにかく俺には耐えられない匂いでさ。よく他のアシさん我慢してるなーって」

確かに、それは困るかもしれない。

「はい、この四コマ目のモブ頼むね」

「オッケー。いやそれで前にここに来たときには、この部屋にこんな匂いしていなかったんだけどさ。独身のモテない男の匂いしかなくてさ」

「どんな匂いだよ。それには耐えられるのか」

「自分の匂いと同じだからな。今日は、何かフローラルな香りがするんだけどさ。カノジョの香水でも匂ってるのかなーって」

カノジョができたら真っ先にきっちゃんに自慢すると思うけどね。

「あ」

「あ？」

「わかった。柔軟剤《じゅうなんざい》とかの匂いじゃないかな？」

「柔軟剤？」

「そう」

「お前そんなの使い出したの？」

使い出したというか。

「使われちゃってさ」

きっちゃんが手を止めて俺を見た。

「なになに使われたって、お前洗濯を誰かにやらせてるの？　おふくろさんでも来たの？」

「手を止めるなよ。いや、それがさ」

それこそ、ちょうど二ヶ月ぐらい前だ。

部屋の洗濯機が今にも壊れそうな変な音を立てるようになってしまって、これは買い替えなきゃダメだって思ったけど先立つものが心細くて購入に踏み切れないで、溜まっていた洗濯物を袋に入れてコインランドリーに行ったんだ。

「ほら、うどん屋の隣り」

「あ、あそこな」

路地《ろじ》の向こうの商店街の一角。このアパートから歩いて二分。新しいコインランドリーができたんだ。その前に何の店があったかよく思い出せなかったけど、そういえば何かよくわからない怪しげな雑貨屋だか古着屋だかそんなような店があったっけって。

コインランドリーを使うのは本当に久しぶりだった。東京に来て半年ぐらいは洗濯機がなくてアパートの近くのところを使っていたけど、それはもう十年近くも前で。

「すっげぇカッコいい洗濯機とかあってさ」

「あー、最近のコインランドリーってスゴイってな。何かで見たわ」

戸惑《とまど》っていた。いやキレイでカッコよくてすげぇなって。

そうしたら。


「びっくりですね」

後ろから声が聞こえてきて、ちょっと驚いて振り返ったら、女の人がいた。

「あ、すみません」

僕が入口入ってすぐのところで突っ立っていたから邪魔《じゃま》になっていたんだって気づいて、慌《あわ》てて中に進んだ。

「こんなキレイなお店なんだって知らなかったです。初めてなので」

「そうですね。僕もです」

間違いなく初対面なのに親しげに話しかけてくる。

でも別にサイコっぽいとか変な感じでもなくて、単に明るくて人懐《ひとなつ》っこい人って雰囲気だけど。そんなに歳は離れてないなって思った。でも、確実に僕よりは若いだろうっていう女の子、か、女の人。

微妙《びみょう》なところ。

大学生にも見えるし、就職してすぐの社会人にも見えるし。案外童顔《どうがん》なだけで同じ三十代かもしれない。

ブラックジーンズにカットソーにラフなカーディガンっていう格好《かっこう》はよそ行きには見えないから、たぶん普段着。サンダル履きだし。お化粧もそんなにしていない。近所の人には違いないって。そもそもコインランドリーに来るんだから近所に住んでいるんだろうって。

そんなふうにして、すぐに見た目でいろいろ分析して想像しちゃうのはきっとマンガ家とか小説家とかの性《さが》なんだろうなーって思う。

そして、彼女は大きな荷物を持っていた。てっきりたくさん洗濯物があるんだって思ってたら違った。僕の視線がその大きな荷物にいったのに気づいて、恥ずかしそうに笑ったんだ。

「私、自分の洗剤や柔軟剤を持ってきちゃったんです。初めてなので知らなかった」

「あ、そうなんですね」

そうなんだ。ここのは洗剤も柔軟剤も自動投入で、自分で持ってきても使えないんだ。

その流れでそのまま並んで説明書きを読んで、じゃあお金をって思ったら、僕は財布《さいふ》を持ってくるのを忘れてしまっていた。

「あれ」

彼女も僕の財布を探す仕草《しぐさ》に気づいて、そして僕の苦笑《にがわら》いにくすっと笑って。

「財布忘れてきました。すみません、部屋はここの裏なんで取ってきます。洗濯物、ここ置いとくのでちょっと見ておいてもらえますか」

「あ、いいですよ。お貸しします」

「いやいやすぐ取ってきますので」

「だから、洗濯物入れて洗濯始めちゃってから取りに行けばいいですよね？　時間の節約です」

ニコッと笑って、彼女は小銭を取り出したんだ。

「へー、じゃあその子にお金を借りて」

「すぐに戻ってきて返したけどね。そう、で、彼女が選んだ柔軟剤の匂いがたぶん部屋に漂ってるんじゃないか？」

なるほど、ってきっちゃんも頷く。

「そう言われれば柔軟剤の匂いかもな。で？」

「で？」

「その子の名前は？」

「御手洗咲子《みたらいさきこ》さん」

「みたらい？」

「冗談じゃないからな。本当に御手洗咲子さん。二十五歳で建設会社の経理やってるって。部屋はここから歩いて三分ぐらいのマンション」

「マジか。そこまで聞いたってことはもうデートとかしたのか」

「してないよ」

コインランドリーで会うのをデートって言うなら、デートはもう四回か五回しているけれど。

「え、じゃあ、それからずっと洗濯機を買わないで洗濯はコインランドリー？」

「そう」

「狙ってんじゃん」

まぁ、狙ってないと言えば嘘になるかもしれない。洗濯機だって買おうと思えば買えるのに、まだ買っていないんだから。

それは、彼女が、咲子さんがまだ当分洗濯機は買わないでコインランドリーで済ますって言ったからだ。

「じゃあ、彼女も洗濯機壊れたとか、か」

「そう言ってた」

「いいじゃんいいじゃん。それきっとその子もお前と会うためにそうしてんじゃんひょっとして？」

　それはどうかわかんないけど。

「カワイイんだろう？　お前の好みはちっちゃくてカワイイ子だもんな」

「人をロリコンみたいに言うな」

　まぁ好みの女性の表現としては大きく外れてはいないけれど。確かに咲子さんはちっちゃくてカワイイ。

「カノジョ作っちゃってさ、ここに連れ込んでそこのベッドでくんずほぐれずしちゃえよ。そうしたら、ぐっすり眠れてお前の変な夢遊病《むゆうびょう》も治るかもよ」

「それはどうかな」

　治るようなものでもないし、病気かどうかもわかんないんだけどね。

「まだ見てるんだろ？　変な夢」

「見てる、かな」

　見てるかもしれないし、見てないかもしれない。そもそも夢かどうかもわからないんだから。

「いや、間違いなく夢なんだって。変わった夢遊病なんだよお前。起き上がってあちこち歩き回らない文字通り夢の中で遊んでる夢遊病」

きっちゃんには寝ている僕のことを徹夜して見てもらったことがあるからね。ビデオカメラでも記録したことがある。

確実に、僕は喋っているんだ。寝てからもずっと。声を出してはいないけれど口がもごもごと動いている。誰かと会話しているみたいに。

そして、何かをメモし始める。ノートにペンでいろいろ書き出す。寝ているのにね。その様子はちょっとホラーっぽいんだけど。

その書いている文字はもうそれこそミミズが這《は》いずり回ったようなものでほとんど誰にも読めないけれど、僕は何となくわかるんだ。

読めるんだ。内容が。

それは、ほとんどがマンガのネタなんだ。

アイデアや、プロットのようなもの。

もちろん、起きたときに自分がそれを寝ている間に書いているなんて覚えていない。でも、きっちゃんに確認してもらったけど、僕は確実に寝ているのに、枕元に置いたペンを取って、同じく置いておいたノートに書き出す。

きっちゃんはノートとペンを移動させたけれど、そういうときには僕は起き出してそれを取ってまた布団《ふとん》に入ってから書き出すんだそうだ。
撮ってみたビデオにも、そんな様子は映っていた。
僕はまるっきり覚えていない。

はっきりと意識したのは、マンガを描き出した高校生ぐらいからなんだ。いつだったかは覚えていないけれど、朝起きたら自分の枕元に鉛筆とノートが置いてあった。

前の夜、寝るときにそんなもの置いてないから、何だ？　って思って中を見たら、何かがいろいろ書いてあった。

自分の書いたよくわからない文字を解読してみたら、ネームのできそこないみたいなものだった。

いろんなアイデアやキャラクターの会話やそういうものが書いてあったんだ。ひょっとして寝ぼけて書いたのかな、と思って次の日から枕元に鉛筆とノートを置いてみたら、ほとんど毎日何かしら書いてあった。

ほとんど何も書いていない日もあるし、まったく内容のない前の夜に観たテレビドラマの感想なんかが書いてあったりすることもあるけれど、大抵《たいてい》はマンガのためのものばかりだった。

よっぽどマンガのことばかり考えているんだなって自分でも思った。

ただ、どこか違うところで寝たときには、そんなことはしないんだ。

修学旅行や、友達の家に泊まったときとか、一応ペンとメモ帳を枕の下にして寝たんだけど、何も書いていなかった。

書くのは、自分の部屋で寝たときだけ。

「自分の部屋でさ、カノジョと寝たことはまだないんだろ？」

「ないね」

今までの三十二年間の人生でカノジョと寝たことはあるけれど、それはラブホだったりカノジョの部屋だった。

自分の部屋で、カノジョと一緒に寝るのはちょっとマズイかなって思っていたから。だって、寝ていたはずなのにいきなり寝ながらノートに書き出すなんてところを見られたら、それは怖《こわ》いと思うしね。

☆

「そりゃまぁＢＬマンガとか描いてるんだからな。女性を連れ込むのは気が引けるよな腐女子《ふじょし》でもない限り」

「それは関係ないよ。BL描き出してからカノジョはいないしね」

「そうだったな。カノジョいない歴もう五年か？　六年か？　前のカノジョだった杏《あん》ちゃんは元気なのか？」

「たぶんね。結婚したって聞いたよ」

「風の噂《うわさ》か」

「そう、風の噂。そもそもBL描こうって言い出したのはお前じゃないか」

「お前はないだろ。これでも神様だぞ」

そう。

神様。

天下無双の九十九神《つくもがみ》。

〈枕の九十九神〉

「前から訊こうって思っていたけどさ」

「なんだい」

「〈枕の神様〉っていうのはあるよね。昔っから枕を踏んではいけないとか、母さんもばあちゃんとかによく言われていたって。枕には神様が宿るんだって」

「おう、そうだな」

「お前は〈枕の九十九神〉って自分で言ってるけど〈枕神〉なの？」

うむ、いいぞ。そうやってきちんと神様のことについて考えるのはな、大事なことだな。神様ってもんをあんまり崇《あが》め奉《たてまつ》るのもなんだけど、ないがしろにするってのもなんだからな。

「お前もいっぱしの、って言ってもまだまだマイナーなエロマンガ家だけどさ」

「事実だけど軽くムカッとくるね」

「クリエーターであることには違いないし、物語を作ることを職業とする人間だよ。言葉の知識はあるよな？」

「まぁ、普通の人よりはたぶん」

「〈枕〉の語源は何だと思う？」

「諸説あるんだろうけど、寝るときにそこに自分の魂が入る、つまり魂の蔵、たまくら、が語源だっていうのもあるね」

「あるな。まぁ考え方は間違っちゃいないぜ。そもそも寝るとさ、人間ってのは夢を見るんだよ。それはもう昔っからだよ」

「そうだろうね」

「で、寝ているはずなのにどうして起きてるときみたいな世界のことを、あるいはとんでもない世界で生きてるようなものを見るんだろうって考えたら、きっと神様の世界に行ってるんじゃないかって考えたんだな」

「なるほど」

「で、寝るときに枕があると楽なんだよ。身体《からだ》が楽だと見る夢も楽しいものになったりする。だからきっと枕には神様がいるんだって考えはじめたんだな。それが枕に住んでいる神様で〈枕神〉だよ」

「うん、それはわかったけど、本当にいるの？〈枕神〉は」

「いるって話だぜ。俺は会ったことないけどな」

「ないのかい。〈枕の九十九神〉なのに？」

「そこだよ」

「どこだよ」

「いいか？〈九十九神〉ってのはそもそも人間が作って大事に長い間使われてきた道具に宿っちまった神様なんだ。そもそもの始まりが違うんだよ。〈枕神〉もそうだけど、〈福の神〉とか〈貧乏神〉とか〈疫病神《やくびょうがみ》〉とか〈死神〉なんてのはさ、本物の神様のところにいた連中なんだよ」

「本物の神様？　って？」

「そりゃわからんよ。会ったことないし」

「それもないの？」

そこんところは理解しろよ。

「だってな？　お前日本の片田舎《かたいなか》のサッカーチームの少年がペレに会えると思うか？」

「あー、なるほど」

そういうもんだよ。

「俺たち九十九神は、あくまでも人間が作って大事にしたものに宿っちまうものだよ。普通の神様みたいに神通力《じんずうりき》とかそんなものはない。ただ、こうやって話をすることはできる」

そう、話はな。

俺の場合は〈枕の九十九神〉だから、どうしたってお前が眠ったときに夢の中でしか会話できないけどさ。

「でも、役に立ってるだろ？　こうやっていつもお前とマンガのネタを話し合ってるんだからさ」

「BLだけどね」

「それだってさ、俺らで話し合って決めて、描いたらウケて稼《かせ》げるようになったじゃん。しかもこないだ考えた新しいマンガのタイムスリップものはさ、絶対にイケるって。メジャー誌に持ち込めば連載間違いないって」

「だといいんだけどなー」

イケる。

真次《しんじ》。お前には才能があるんだよ。それはお前ともう三十何年も一緒に寝ている俺がよく知ってる。

そもそも俺はもう枕としては百年近くも生きているんだぜ。

そば殻《がら》だけどな。

お前のおばあちゃんが小さい頃から使っていたそば殻枕に入っていたそば殻が、俺だよ。おばあちゃんが、お前が生まれたときに作り直してくれたんだよな。ずっといい夢を見られたからって、自分の枕に入っていたそば殻を少し取り出して小袋に入れて、そして小さな枕を作ったんだ。

枕は何度か取り換えているけれど、その度《たび》に今度はお前のおふくろさんが小袋を取り出して入れてくれていたんだ。

だから、俺は〈枕の九十九神〉になれた。こうやってお前と夢の中で話せるようになった。

すっげぇ珍しいんだぜ〈枕の九十九神〉ってのは。百年使われる枕なんて普通はないからな。

これは言わないけどさ真次。

九十九神ってのは人間が大事に使ったものに宿るんだ。

その条件ってのはな、愛情なんだよ。慈《いつく》しみ愛《いと》おしみ大切にする心だよ。その人間の心が〈九十九神〉を作るんだよ。

〈九十九神〉はな、ある意味では人間の愛が生み出す神様なんだ。

その愛は、巡《めぐ》り巡って人間を愛おしむんだ。

お前は、おばあちゃんやおじいちゃんや父さんやおふくろさんに愛されて育ったんだぜ。もちろん、俺にもな。

俺はお前が寝ている間にしか話ができないし、他には何にもできないし、そもそもお前は起きたら俺のことは何にも覚えていないけどさ。

文字通りすぐ傍《そば》にいるからよ。

マンガのネタを考えるからさ。

☆

真次が起きてるときには俺のことを覚えていないって言っても、俺はずっとここにいるからな。　真次がどうしてるかってのは何となくわかるぜ。

直接何をしているかわかるのは、真次が寝たときだけどさ。さすがに、一緒に寝る女の子が来たときにはちょいと焦ったね。

するからさ。
大丈夫《だいじょうぶ》。神様は紳士だからな。その間は意識を消して何にもわからないように
だから、真次もメモなんか取らないから安心してやってくれ、ってなもんさ。
良かったよ。しばらくぶりに恋人もできてさ。
しかも、新しい連載も決まった。この間二人で話して考えたタイムスリップもの
だ。あれは絶対にウケる。これでエロマンガ家から一般誌のマンガ家になって、人
気者になるって思っていたさ。
カノジョもさ。御手洗咲子さんもさ、それからよく部屋に来るようになったよ
な。器用な子みたいで、マンガのアシもやってくれてるみたいだな。
合い鍵も、真次は渡したみたいだぜ。
今日は、真次は新連載の打ち合わせで出掛けていったと思ったら、御手洗咲子さ
んが入ってきたんだ。そして、布団カバーとかシーツとかはがし出したんだ。あぁ
洗ってくれるんだな、この子ちゃんとそういうこともやってくれる良い子なんだな
って思ったんだよ。
俺についている枕カバーも取ってさ。
そこで、ようやく顔が見られたんだ。
そうだよ、俺はカバー掛けられていたら何にも見えないからさ。

御手洗咲子さん。

なるほどカワイイ子じゃないかって思ったら、俺を見たんだ。

そう、御手洗咲子さんは、俺を見たんだよ。

枕じゃなくて、〈枕の九十九神〉の俺を。

「あ？」

マジか。

「あんただったのか？」

俺を見て、にっこりと笑った。

真次のカノジョ。

御手洗咲子。

びっくりだぜ。

「あんた、〈貧乏神〉だよな？」

貧乏神。

八百万《やおよろず》の神の一人。

「そうですよ」

「あんたが、真次のカノジョなのか？　恋人になったのか？」

「そういうことです。あなたのことは、何て呼んだらいいですか？　〈枕神〉様？」

いやそれは違うだろ。怒られるぜ。

「俺はただの〈枕の九十九神〉だよ」

そう、九十九神。

貧乏神が、ちょっと唇を尖《とが》らせた。

「あなたたち九十九神の皆さんって、ちょっと面倒くさいですよね」

「何が面倒くさい？」

「だって、〈箸《はし》の九十九神〉とか〈お釜の九十九神〉とか〈お椀の九十九神〉とかいちいち何とかの、って言わなきゃならないんですよね？　私、前に〈十九世紀に造られた熊のぬいぐるみの九十九神さん〉に会ったことあるんですけど、名前が長っ！　ってなってしまって」

「しょうがねぇだろ。そういうもんなんだからさ。そいつあれだろ？　外国生まれのテディ・ベアとかいうやつだろ」

「そうですそうです」

「外国生まれの連中はややこしいんだよ。自分たちの出自《しゅつじ》をはっきりさせないと困るんだとさ」

その点、俺ら日本生まれの連中は簡単だよな。

「それに、私たちとは違うから、なかなか話が通じない場合もありますしね」

それもしょうがねぇよ。

俺たちはただの〈九十九神〉。人間が作ったものに魂が宿っちまうっていうだけの代物《しろもの》だ。最初から神様の貧乏神さんとはそもそもが違うんだ。

「で？〈貧乏神〉さんよ」

「御手洗咲子です」

「咲子さんが真次に取り憑《つ》いたってことは、今度あいつが連載するマンガがバカ売れするってことでいいんだよな？　そうじゃなきゃ元々貧乏人のあいつに、あんたが取り憑くはずないもんな？」

「その取り憑くって言い方、やめてください。私は、本当に真次さんのことを好きになっているんですから」

いやまぁそうかもしれないけどさ。

〈貧乏神〉の咲子さんが、にっこり笑って頷いた。

「バカ売れもいいところです。それどころか、世界中でヒットして何とハリウッドで映画化もされちゃいます」

マジか。

「すげぇな！」

すごいぞ真次。俺たちが考えたマンガがそんなことになるのか。

「それで、私が来たんですよ」

「てっぺんから地獄に落とされないようにしてくれるんだよな？　あんたたち貧乏神ってそうなんだろ？」

俺はただの〈九十九神〉だから噂でしか聞いたことないんだけど、〈貧乏神〉の皆さんはただ貧乏にするんじゃなくて、金持ちになり過ぎてそいつがいい気にならないように適当なところで貧乏にさせるんだって。

咲子さんが、こっくり頷《うなず》いた。

「そうですよ。私がカノジョになって、真次さんが天狗《てんぐ》にならないように。あ、これは比喩《ひゆ》ね。〈天狗さま〉は関係ないからね」

「わかってるよ」

「心配しないで。二度とマンガが描けないろくでなしにはならないようにするから」

「頼むぜ？　あいつ、いい奴なんだからさ」

「任せておいて」

「でもよ」

あんたはカノジョになったってことだけどさ。

「結局、真次はあんたにふられるんだよな？　まさか神様と人間は結婚できないだろ？」

「できないわね。大丈夫。失恋だって大事な人との別れだって何だってマンガ家はネタにできるの。人生全部ネタ。それがマンガ家ってものでしょう？　真次さんには才能があるんだから」

「そうか」

そうだよな。

「それに、これから売れっ子になるんだから、私なんかよりももっといい人とも知り合えるわよ。大丈夫。付き合ってわかったけど、真次さんいい人だもの。きっと幸せな結婚できるわ。できなくても、いい人生送っていけるわよ」

「おう」

助かる。神様であるあんたがそう言ってくれるなら大丈夫だな。俺みたいなただの〈九十九神〉は何にもできねぇからさ。あいつのために。

咲子さんが、優しい眼をして俺を見た。

「それでね、〈枕の九十九神〉様」

「おう」

「私が来たのは、あなたが真次さんの傍にいたからよ。〈九十九神〉であるあなたが真次さんのことを慈しみ愛していたから、真次さんが失敗する前に私が来ることができたの。でもね」

知ってる。

聞いたことあるぜ。

「神様は、二人は一緒にいられない、だろ？」

「そうなの」

人間と一緒に過ごす神様は、いつでも一人だ。正確には一種類だ。

違う種類の神様が一人の人間とはいられない。

「あなたを捨てて、新しい枕を買う。二人が一緒に過ごす間、おそろいの枕を」

「そうか」

それがいいよな。いつまでもこんな古い枕を使っていちゃあな。

「でも、どう？　洗うこともできるわ」

「洗う？」

「私と真次さんが出会ったコインランドリーでは、この枕も洗えるわ。洗っちゃったらあなたはいなくなっちゃうけれど、あなたは一度神様になったんだから、また十年か二十年ぐらい真次さんと一緒にいれば〈枕の九十九神〉になれるわよ？」

二十年か。あいつもいいおっさんになるか

「どうすっかなー。洗ったら、また十年二十年も使ってくれるかね？」

「使うわよ。洗った後に私が手作りでカバーとか作り直すわ。そうしたらあの人はきっと大事に使い続ける。そういうロマンチストよあの人は」

じゃあいいか。

「そしてその頃にはもうあんたはいない、か」

ゆっくりと頷いた。

「生まれ変わるのもいいものよきっと。私はそんなこと経験できないから羨ましいわ」

そっか。そうだな。

よっ、久しぶりだな、って真次に夢の中で挨拶《あいさつ》するのを楽しみにするか。

笑う門《かど》には福来《きた》る

今日は、私の二十七歳の誕生日。

神楽坂《かぐらざか》のちょっと坂を下ったところにあるバル。

あんまりにもこのグリルした肉が美味《おい》しくて、これにぴったり合っていたグラスワインをお代わりしようかって話した後に、しーちゃんがそういえばね、って。

「誰かが言っていたんだけどさ」

「なに?」

「何かを創造するさ、作る方の創造ね」

「うん」

「いわゆるクリエーターっていう人種はさ、二十四時間ずっとクリエイトな人しか本物にはなれないんだって」

二十四時間クリエイト。

「そういうもの? こう身体《からだ》全部の細胞がそうなってるみたいに感じるんだって。だから社会的に見ると変な人になってしまうって」

「うーん」

まぁクリエーターっていってもいろいろな種類があって、いろんな人がいるわけだけれども。

「まちゃも一応イラストレーターなわけでクリエーターでしょ。そういう感覚ってわかるのかなって」

一応は余計《よけい》だけどね。確かにイラストレーターだけどね。マンガを描いてマンガ家にもなりたいんだけど、そうはなれていないし。

「わかるっていうか」

「わかるのやっぱり」

「まぁ二十四時間かどうかは別にしても、何をしても何を見てもそれが全部創作に、仕事に繋《つな》がるっていう意味では確かにそうなのかもね」

「こうやって、カレシもいなくて淋《さび》しい、そろそろとうがたってきた二十七歳の誕生日を祝ってあげているときでも仕事に繋がっちゃうと」

「そう、仕事もカレシもできないこの淋しさを、っておい！」

ツッコんでおく。

お笑い好きの私たち。

今日もお笑いの舞台を観てきて、その帰り。

「ありがとうね本当に。一人の淋しい誕生日をこんな美味しいもので彩《いろど》ってくれて。持つべきものは友情と優しさとお金もある友人だよ」

しーちゃんは一流企業で働くバリバリのキャリアウーマン。

中学高校と私の方が成績は良かったけど、本来の意味で頭が良かったのはしーちゃんだったよね。

「でも、これが本当に仕事にも繋がるんだよね」

しーちゃんがワインボトルを手に持った。

「私にはただの美味しいワインだけど、まちゃにしてみるとこのボトルを手にしたことも飲んだことも、全部自分の絵を描くって仕事に繋がっていく、っていう感覚があるってことなんでしょ？」

「そうだね」

それはもう、無意識。

今この場面もお店の様子も美味しいワインもお肉もしーちゃんとの会話も、全部私の中に入っていって、いつかそれが絵になったりマンガになったりする。ふっ、とそれが浮かんできて絵になったりする。

真面目《まじめ》なイラストの仕事にしたって、しーちゃんのあの仕草《しぐさ》がちょうどいい、って女性の絵になったりする。

「生きてることが全部私の栄養になっていて、それが仕事に繋がるのは確かかな」

「お笑いの人たちが、人生何もかもネタ、って言ってるのと同じね」

「そういうことだね」

お笑いの人たちのネタもスゴイと思う。どんな思考であんなネタを思いつくんだろうって思うけれど。

「きっと同じようなことだと思うよ」

「そして生き残っていけたり、ものすごい天才の人は、文字通り二十四時間ずっとクリエーターな人ってわけだね」

そうなのかもね。

「私がそうかどうかは別だけど」

「あんたのセンスもねー。悪いけど、私はどうしてもあんたが推《お》す〈きっとキッド〉は笑えないもの」

「えー」

「どこをおもしろがっていいのかわかんないのよね。シュールだってことはわかるんだけど」

そうかなぁ。シュールかなぁ。

すっごく素直な笑いだと思うんだけどなぁ。

「まぁ実際ウケてないものねー」

今日だって会場にはけっこう人が入っていたけれど、〈きっとキッド〉で笑っていたのは私を含めてたぶんほんの数人だ。しーちゃんも含めて他の人は私が大笑いしているところでも、微妙《びみょう》な笑みを浮かべるだけだった。

「でもこれで数年後に〈きっとキッド〉が大物になっていたら、まちゃの感覚が大したものだったってことになるね」

「そうだといいけど」

大体、私の好きになるものってマイナーなものが多いんだよね。

うん、それは自覚している。私もマイナーなクリエーターだって。

小さい頃から絵を描くのが大好きで、いつも何か描くものを持っていたってお父さんもお母さんも言っていた。

お蔭《かげ》で楽な子育てだったわ、って。とにかく何か描くものを与えておけば、ずっと何かを描いていたから。

「でも私、まちゃの描く絵ってすっごい好きだよ」

「ホント?」

「マジマジ。友達に嘘ついてどうすんの。あんたの絵ってさ、どんなものでも何かこう、あったかくなるんだよね」

「あったかく」

「どんなにイヤなことがあった日でもさ、あんたのTwitterやら何やらにアップされた絵を見てると、いいな、って思うんだよ。さぁ明日も頑張《がんば》るかって気になるもの」

嬉《うれ》しい。しーちゃんは嘘なんかつかないし、おだてたりもしない。

「ありがとう」

「まぁドーンと有名になって売れるかどうかなんて私にはわかんないけどさ。今のまま描いていくといいと思うけどな」

うん。そうするしかないんだ。

器用な方だとは思うんだ。どんな絵でも、わりと楽に描ける。注文に応じてどんなタッチの絵も仕上げられる。デジタルもアナログもどっちでもいける。まぁ今はほとんどデジタルで済ましちゃうけれども、カンバスに描く油絵も水彩画も自分の絵として描くこともできる。

それが良くないのかなぁ、とも思うんだ。

売れる人って、広く認められる絵描きさんって、やっぱりその人の、その人だけの独自の世界を表現できる人なんだ。

そういう人で、運良く時代の流れに乗った人が、売れる。

それはもう実力云々《うんぬん》じゃなくて、やっぱり運なんだ。売れたイラストレーターさんもマンガ家さんも、実力だけで売れた人はほとんどいないと思う。

実力と、センスと、運。

三拍子揃《そろ》ったところで、世に出られる。売れる。

それが揃う方法なんて、誰にもわからない。

巣鴨《すがも》駅で降りて、歩いて四分のアパートへ。この辺は車通りも多いし暗くないし、夜遅くなっても全然平気なところ。

誕生日の夜を一人で、まぁ今までしーちゃんが祝ってくれたけれど、しーちゃんは一緒に暮らしているカレシの待っているマンションの部屋へ帰って、私は誰もいないアパートの部屋へ帰っていく。

猫飼いたいんだ。

猫は大好き。犬も好きだし動物は何でも好きなんだけど、ワンちゃんはやっぱり散歩させてあげなきゃならないから、猫ちゃんの方がいいと思うんだよね。

でも、今のアパートは家賃の安さだけが取り柄《え》のペット禁止のところ。近所をうろうろしている半ノラの猫ちゃんをごくたまに可愛《かわい》がって、もふもふ欲を満足させている私。

いつかは、広くて、そして猫が飼える部屋に住んでそこで暮らしたいんだけど。できれば、絵でしっかり稼《かせ》いで。

カレシはまぁできればそれに越したことはないし、結婚だってしたくないわけじゃないんだけど。

しーちゃんに言わせると私はダメな男に引っ掛かるタイプらしい。当たっていなくもないと思う。今までに付き合った男の人はいるけれども、正直皆、ダメダメな男でした。きれいに別れられただけでラッキーだよってしーちゃんは言ってた。

「ダメなのかもねー」

埼玉の実家で、お父さんお母さんは元気にしている。仕事の打ち合わせだって埼玉から東京に行くのは簡単だし、わざわざ一人暮らしをするのもそろそろ考えものかもしれない。

実家なら、猫を飼えるし。

ため息ついたときに、それに被《かぶ》って声が聞こえてきた。

男の人の声。

それも、どこかで聞いたことあるような声。

「ん？」

何かを喋《しゃべ》っている。男の人が、二人。

そこの公園だ。夜でも明るくてたまにカップルが話し込んだりしているのを見かけるし、夏になれば近所の子供たちが花火をしているのも見たことある。

その公園で、男の人が二人で何かを話し合っている。

（違う）

漫才《まんざい》を、コントをやっている？

ひょっとして、練習してる？

ネタ合わせ？

「え！」

あれは。

〈きっとキッド〉の二人。

逢坂《おうさか》さんと、吉田《よしだ》さんの二人。

まさか、どうしてこんなところに？

気づいたら公園の中に駆け込んで、声を掛けてしまっていた。

「あの！」

「はい？」

振り向いた二人は、間違いなく今日コントを観たばかりの二人。

「〈きっとキッド〉さんですよね？」

「あ、そうです！」

ツッコミの逢坂さんが嬉しそうに笑って言った。

「え、僕らのことを知ってました?」

ボケの吉田さんも嬉しそうに微笑《ほほえ》んだ。

「知ってます! っていうか、ステージを観てきたばかりです! ファンです! 私」

「うわ、本当ですか!」

「本当なんです!」

嬉しいなーって二人で大喜びしてくれた。

「でも、どうしてこんなところに?」

「あ、バイトだったんですよ」

吉田さんが言った。

「バイトですか?」

そうなんです、って二人で同時に頷《うなず》いた。

「近くの工事現場で誘導員のバイトやってて、それがさっき終わったんだよね」

「で、バイトしてる最中におもしろいネタを思いついたんで、忘れないうちにちょっと練《ね》ってみようって」

そうだったんですね。

すごい偶然!

「いやー、嬉しいです。ファンの人に会えたのなんか初めてで！」

「いやもうマジで初めてです！」

そうだったんだ。そうかもしれない。

あ、それじゃあ。私はいつもペンとスケッチブックを持ち歩いている。

「サインしていただけますか！」

「喜んで！」

二人で本当に喜んでくれた。良かった。

私もネットにアップした絵をフォロワーさんに褒《ほ》めてもらえるとすっごく嬉しい。そういうことで、また頑張れる気持ちになるんだ。

「あ、名前書きましょうか！」

「あ、じゃあ、まちゃで」

「まちゃさんね。まさみさんとかですか？」

「そうなんです。あ、坂上《さかがみ》まさみっていいます」

「じゃあ、坂上まさみさんへ、って書きましょうか？」

そうしてもらった。

「はい！　こんなんで」

初めて見る〈きっとキッド〉のサイン。ちょっとだけ気を使ってサイン頼んだけど、やっぱり嬉しいかも。

そうだ。

「あの！　今日のコント観たんですけど、すっごくおもしろくて」

「ありがとうございます！」

やっぱり二人で同時に言うんですね。おもしろい。

「あの、私イラスト描いているんですけど。お二人のことを描いてTwitterとかにアップしていいですか。あ、こんなイラスト描いているんですけど」

急いでiPhoneで自分のTwitter開いて、二人に見せた。

自分でもそんなこと言ってしまったのに驚いたんだけど、反対にどうして今まで〈きっとキッド〉のことを一言も書かなかったんだろうって不思議に思った。

フォロワーが二百人ぐらいしかいない私のTwitterでも、一人でも〈きっとキッド〉に興味を持ってもらったら、二人が売れるきっかけになるかもしれないのに。

二人が私のiPhoneを覗《のぞ》き込んで、顔がパアッと明るくなった。

「いい絵じゃないですか！」

「ホントに！　カワイイし、カッコもいいし。え、僕らのことをちゃんと描いてくれるんですか？」

吉田さんが私を見て言った。

「もちろんです！　あ、似顔絵はそんなに得意じゃないですけど、ちゃんとお二人のコントのことを描いて、おもしろかったって」

二人が、顔を見合わせてうんうん、って頷いた。

「どんどん描いてくださいよ！　むしろお願いしますよ！」

逢坂さんが思いっきり何度も頷いた。

「あ、でも」

マズイかな。

「何ですか？」

「お二人の今日のネタを、私がマンガっぽく最後まで描いちゃったら、それはマズイですよね」

ネタバラしになってしまう。

「んなことないです！」

吉田さんがぶんぶん！　って手を振った。

「ネタを知られたからって、それでおもしろくなくなったら、それは本当にただのつまらないネタなんで。お客さんが自分らのネタを紹介してくれるんだったら、それはもう本当に嬉しいことですよ。あ、今日のネタ、覚えてます？」

大丈夫。しっかり覚えてます。

「なんだったら今もう一回やりますか？　しっかり描いてもらった方がいいじゃん」

逢坂さんが言った。

「あ、動画撮《と》ってもらってそれを見ながらきちんと描いてもらった方が。ね？　どうでしょ」

「撮ります！」

二人のネタの動画を撮ってもいいなんて。

しかも、眼の前でやってくれるなんて。

「あの、事前にこういうものを描きました、ってお見せした方が」

いやいやいや、って吉田さんがまた手を振った。

「ファンの方が一生懸命描いてくれたものをチェックなんてとんでもない。どんどん好きなようにアップしちゃってください！」

逢坂さんも、うんうん、って頷いた。

いいものを描きます。

お二人の、〈きっとキッド〉のファンになってくれるように。

部屋に帰ってきて、化粧も落とさないで、すぐにさっき撮ったばかりの動画を見た。〈きっとキッド〉のコント。

「あは」

やっぱり、おもしろい。どうしてこのおもしろさが、世間の人たちはわからないんだろう。

「よーし」

描くよ。二人のコントを。

どうやったら伝わるだろう。四コママンガ風に？　それともイラストルポ風に？

いっそのこと、しっかりマンガにしちゃう？

二人の顔を描きはじめた。

描ける。しっかり見たから、すぐに描ける。

逢坂さんはちょっとイケメンで、吉田さんは優しそうな笑顔で。

ゼッタイに、おもしろいものにする。

☆

「なんで、ウケんかなぁ」

「なぁ」

「おもしろいと思うんだけどなぁ」

「なぁ」

めっちゃおもろいやん、って関西弁で言いたくなるぐらいなんだけどなぁ。

「やっぱり関西弁にするか？」

「今更関西弁で喋ってどないすんねん」

「東京出身だもんな」

関西出身の人はキビシイんだ。ちょっと関西弁使っただけで、エセ関西弁しゃべりなや！って怒ってくる。

んなこと言ったら関西弁かていろんな地方の関西弁があるやん。って言ったらまた怒られるんだよな。

「まぁ、今日も笑ってくれた人が三人ぐらいいたし」

逢坂がちょっと嬉しそうに言った。

「いたね」

二十代ぐらいの若い男と、四十代ぐらいのおばさまと、まだ高校生ぐらいの女の子。はっきり覚えている。何せ笑ってくれる人が少ないからバッチリ見えるんだ。

「三人ぐらいじゃなくて、間違いなく三人だったな」

「そうだね」

「まぁその三人には笑って気持ち良くなってもらえただろうからいいさ」

「まぁね」

僕らのコントや漫才、評判が悪いわけじゃないんだ。お笑いの仲間内でもけっこう評判はいいんだけど、いざ舞台でやったら、ウケないんだ。

結局舞台上でのタイミングとか喋りが悪いってことになっちゃうんだけど。

「かといって、客席の反応が悪いわけでもないんだよな」

「そうそう」

舞台の上から見ていても、皆がうっすらと微笑んでくれるんだ。あぁなるほどね、うんうんネタとしてはわかったよ、って感じで。

でも、それだけ。

大声で笑ってくれるのは、ほんの数人。

今日は三人。

「昨日は二人だったから、一人増えたな」

「そうだね」

まぁそうやって地道《じみち》にお客さんを増やしていくしかないんだろうけど。

「まぁいいさ。そろそろバイト行かないと」

今日のアルバイトは、二人でコンビニだ。

「よぉ、お二人さん」

突然現れた黒いTシャツに黒いスリムジーンズの男。髪の毛がとんがってるし、なんか顔にピアスがいっぱい付いてる。

見ただけでもう避《さ》けたくなるような兄ちゃん。

「え」

お客さんだろうか。

逃げたいけどそうはいかないか。

「何でしょうか」

「何でしょうかじゃないよ〈きっとキッド〉のお二人さん。今日のネタもつまんなかったよ」

やっぱりお客さんか。

「すみません」

「あ、わかってないなお前たち」

「え？」

「俺だよ」

あ。

わかった。

〈八咫烏《やたがらす》〉だ。

「なんだよ。そんな格好《かっこう》してるから全然わかんなかった」

逢坂が言った。その通り。前に会ったときにはすっごく真面目な青年っぽい格好だったのに。

「それに、すっごく久しぶりだし」

「いや吉田ちゃんさ、久しぶりだからわかんないっていうところが、もうコントや漫才がウケない原因じゃないの？〈福の神〉が二人も揃っていてさ」

いやそれを言われちゃあどうしようもないんだけど。

「でもまぁ、いくら〈福の神〉でも才能がなきゃねぇ」

自分で言うのもなんだけどさ。

神様だからって何でもできるわけでもないんだからね。

「今は？　名前は？　何やってるの」

逢坂が訊《き》いた。

「八島《やしま》だよ。相変わらず工事現場関係を飛び回ってるよ」

「八島くんね」

前に会ったときは八戸《はちのへ》くんだったよな。

「その名前に八を付けるのは何だと思うけどね」

「いいんだよどうせ俺は飛び回るだけなんだから」

「それで？　今日はどうしたの？」

〈八咫烏〉には僕たちみたいな専門の仕事はない。僕ら〈福の神〉は福を振り撒《ま》くのが仕事だけれど、〈八咫烏〉は八百万《やおよろず》の神様たちの間を飛び回って、いろいろいろいろやるのが仕事みたいなもの。

「まさか、わざわざ僕らの漫才観に来てくれたの？」

八島くんが、ニヤッと笑った。

「ま、それもあるけど、お知らせにね」

「お知らせ？」

八島くんが、今度はにっこりと優しく笑った。

「どうせお二人は気づいていないだろうからさ。お知らせしてやったら喜ぶだろうから、来てあげたの」

何だろう。

「早く言えよ。もったいぶるのはお前の悪い癖だよね」

逢坂が言ったら、八島くんはうん、って頷いた。

「まちゃちゃん、覚えている？」

まちゃちゃん？

「坂上まさみさんだよ」

「誰だそれ」

「そんな名前使っている神様いたっけ？　〈貧乏神〉？」

それとも〈疫病神《やくびょうがみ》〉か。

「違うって。三ヶ月ぐらい前に巣鴨の公園で会ったろ？　イラスト描いてる〈きっとキッド〉のファンの人」

「あー！」

「あの人！」

そうそう、まちゃちゃちゃんね。

「坂上まさみさんね」

「そうそう、そういう名前だった」

「あの人がね。マンガ家としてデビューしたんだよ」

えっ！

「マジか！」

「マジマジ。それもメジャー誌だよ。もう一話目からスゴイ人気だよ」

すげぇ。

「ひょっとして、俺らの力？」

逢坂が訊いたら、八島くんが頷いた。

「もちろん、そうだよ。まちゃちゃんが描いた〈きっとキッド〉のネタあったよね？　Twitterにアップしたやつ。あれがすっごいウケてリツイートされまくって、そしてマンガ編集者の眼に留まったんだよ」

「それからはもう一気にデビューまで、なんだろ⁉」

「その通り」

八島くんが、嬉しそうに頷いた。〈八咫烏〉って嬉しそうにすると背中の羽がバタバタするんだよね。

「俺らの力だ！」

「良かったねー。〈福の神〉のコントが、一人にだけど、ようやく大きな福を振り撒くことができて」

やった！　って二人で拳《こぶし》を突き上げてしまった。

今までだって、僕たちのコントで笑ってくれた人には何かしらの福が舞い降りていたはずなんだ。

アイスを食べたらもう一本当たったとか、ケンカした恋人と仲直りしたとか、今までうまくできなかったなわとびの二重跳びができるようになったとか、小さなものだけどさ。

それが、今度はもっと大きな福を与えることができた。

たった一人にだけど。

「いやでも俺らの力だって喜んでちゃいけないな。まちゃさんの実力があってのことだからさ」

そう言ったら、逢坂も頷いた。

「その通りだな」

「いやでも素直に喜んでおいた方がいいよ。〈きっとキッド〉のコントは間違いなく、好きになってくれた人に福を振り撒いているんだからさ」

八島くんが、〈八咫烏〉が言ってくれた。

そうかな。

そうだね。

それが僕たち〈福の神〉であるお笑い芸人〈きっとキッド〉の役目なんだから。

でも、本当はもっともっとたくさんの人に笑ってもらって、福を振り撒きたいんだけどね。

そうなれるように、おもしろいネタを考えなきゃ。

落とした物を探しています

「はい、お待たせしましたー」

明野《あけの》さんの声って、そんなに大きな声ってわけじゃないのに、むしろ優しい声なのによく聞こえてくるのよね。

通るというか、響いてくるというか、事務所内のどこにいても、何をしていても、すーっと耳に入ってくる。聞こえてくる。

こんな地下鉄の〈忘れ物センター〉の職員なんかやっていないで、何か声を使うような職業に就いた方がいいんじゃないかって思うことも。いや、今は私は自分の机に向かっていて、明野さんの隣りにいるから余計《よけい》に聞こえてくるんだけれど。

明野さんが窓口で受け付けしているのは、すっごく悲しそうな顔をした男の子。もう、子じゃないか。高校生ぐらいなのかな。学校の帰りなんだねきっと。

「あの、鍵を落としちゃったんですけど」

「鍵は、何の鍵ですか？」

「家の鍵です」

「お家《うち》の鍵ですねー」

明野さんが確認しながら応対する。

お家の鍵ね。それは大変だ。

きっとお母さんに怒られたよね。どんな鍵だったのかな。

「いつ、どの辺で落としたかはわかりますか？」

「たぶん、昨日です。昨日の夕方で、ここの駅の改札口だと思うんですけど、そのときに、急いで走っててカバンをちょっと下に落としちゃって、そのときじゃないかって思うんだけど。でもわかんないですけど」

なるほど。カバンのどこかに鍵を入れていて、きっと口が開いていて落ちてしまったんじゃないかと。

そういうの、本当に多いんだよね。どうしてカバンの口を開けっ放しにしちゃうんだろうね。

それと、いまだに私は信じられないんだけど、あの常に口が開きっ放しのトートバッグ。どうしてああいう危ないものを皆、平気で使うんだろうね？　私は怖《こわ》くてゼッタイに使わないんだけど。

「はい、それじゃあですね。ここにその鍵の特徴《とくちょう》とか、どんな形のキーホルダーが付いていたとか、絵で描けたら描いてもらえますか」

また絵を描いてもらっているんだ明野さん。

彼女って必ずそれを言うんだよね。

絵を描くのは、別に必要なことではないんだ。言葉で言ってもらって、それを私たちがメモをしていけばそれでいい。

落とし物にその人の名前が書いてあることなんて、ほとんどない。だから、はっきりと特徴を覚えていてそれが一致することが、最も重要な引き渡しの条件。

もちろん、絵を描いてもらって、それがぴったり合っていればそれに越したことはないんだけど。

男の子が自分の名前と住所と電話番号、そして鍵の特徴を書きはじめた。

「妖怪《ようかい》のキーホルダーが付いているんです」

「妖怪？」

妖怪？

「鬼太郎《きたろう》の、一反《いったん》木綿《もめん》って妖怪なんですけど。白い布の妖怪」

知ってる知ってる。明野さんも頷《うなず》いているね。

お姉さんもね、実は鬼太郎好きなのよ。ネットで全部観てるのよ。鬼太郎っていうか妖怪とかそういうものが大好きなんだけどね。

「絵も描いた方がいいんですね？」

「あ、描けるなら、描いてください」

「描けます」

自信たっぷりに言ったね高校生男子。

でも、描いてもらった方がすごく助かるのは事実。思わず椅子《いす》に座ったまま背筋を伸ばして覗《のぞ》き込んじゃった。

すっごく絵が上手《じょうず》だね高校生男子！

水木《みずき》しげるさんが真っ青になるぐらいに一反木綿がリアル。鍵の形まで描いてる。すごいね。普通は自分の家の鍵の形なんか、そんなに覚えていないよ。

「絵、上手だね」

思わず言っちゃったら、明野さんも振り返って私を見てうんうん頷いて、男の子はちょっと恥ずかしそうに笑った。

「美術部なんです」

なるほど。納得。それは上手《うま》いはずだわ。いいわね絵が上手な男子って。君、けっこうモテるんじゃないの？　ジャニーズ系の顔してるし。

「こんなのです」

完璧《かんぺき》ね。

その絵を見たら誰でもわかるわ。

「はい、じゃあそのままここで少しお待ちくださいねー。確認してきますので」

明野さんがそのメモを持って窓口から離れて、〈保管室〉へ向かった。

私は自分の席で、仕事を進める。男の子は所在《しょざい》なさ気《げ》にカウンターの窓口のところで待っている。

少しの間、待っててね。

あるかもしれないし、ないかもしれない。

実はね、ここ地下鉄の〈忘れ物センター〉には、毎日毎日すっごくたくさんの落とし物や忘れ物が届くの。

その数はね、聞いたら驚くわよ。

何と一日に千個も届いたりするのよ。千個よ？　すごいでしょう。もちろん、主要な路線合わせての数だけど。

そりゃあ確かに一日に何万人何十万人と利用する都会の地下鉄なんだけどね。その何万人何十万人の乗客の中に、落とし物や忘れ物をする人が一日に千人以上もいるのよ。どんだけ皆おっちょこちょいなんだって話でしょう？

まぁ君もその中の一人なんだけどね。

そしてね、仮に一日に千個の落とし物や忘れ物が来たとしたなら、それが持ち主のところに戻るのは一割ぐらいなのよ。多くて二割。そんなものなのよ。大半の落とし物や忘れ物が元の持ち主のところに戻っていかないの。

だから、君みたいにちゃんと探しに来る人がそんなにも少ないってことも言えるのよね。仮に探しに来たとしても、届いていないことも多いの。

私たち職員は絶対に口には出さない。あるかもしれないとかは、口が裂けても言えない。ときどき私たち〈忘れ物センター〉の職員の対応がつっけんどんだ、なんて苦情が来たりもするけど、そのせいなのよ。

期待させない。あくまでもクールに、そして丁寧《ていねい》に接する。

だから、期待しないで待っててね。

もしも昨日のこの駅での落とし物なら、直接このセンターに届けられている可能性は高いから、ひょっとしたらあるかもしれない。

鍵なんていう代物《しろもの》はね、ほとんど誰も持って行ったりしないから。拾って持ち帰っても何の役にも立たないからね。

「二ノ宮《にのみや》さーん」

明野さんの声が〈保管室〉から聞こえてくる。

〈保管室〉の主《ぬし》とも呼ばれる二ノ宮さんを呼んでいる。

二ノ宮重三《しげぞう》さん。

ここに勤続して三十三年の超ベテラン。

二ノ宮さんはね、この十万点はあるという〈保管室〉の落とし物のほとんどすべてを把握《はあく》しているって話なのよね。そんなとんでもないことはあるはずないんだけど。なんたって三ヶ月か長くて半年でここに保管された忘れ物や落とし物は全部移動していくんだから。

それに、二ノ宮さんが把握しなくたってちゃんとデータベースに登録していくんだから。

登録は、うちの最重要項目なのよ。保管期間が過ぎたものは、つまり拾得物としてうちのものになったものは、捨てられるか売られるかのどちらか。その際に何か不正があったら困るからね。どこに何がいったかを登録記録していくのは本当に大事なことなの。

「昨日直接ここに届いた鍵はありますか」

「十二本あるね」

「確認しますねー」

「はいよー」

全部聞こえてきたわ。

明野さん、いい子なんだけど少しだらしがないというか、あちこち開けっ放しにするのは悪い癖よね。机の引き出しなんかも開いていることが多いし、カバンの口も開いていることがあるのよ。〈忘れ物センター〉の職員が落とし物をしたら笑い話にもならないわよ。〈保管室〉のドアも開きっ放しよ。

二ノ宮さんが本数まで把握しているってことは、もう整理済みね。明野さんは昨日の日付のボックスの中で小物ボックスを確認しているはず。

鍵は一本一本に整理札を付けて、どこで落ちていたか、何時頃に拾われたか、誰が拾ったか、誰が〈忘れ物センター〉まで持ってきたかなどをできるだけ細かく書くようになっている。きっと今、明野さんが探している。

絵の上手い高校生男子の僕、きっと鍵は見つかるわよ。

期待しないで待ってててって言ったけど、実はね、不思議なんだけど、つい最近気づいてそれからこうやって明野さんが受け付け窓口に座ったときには注意して見るようにしているんだけどね。

明野さんが窓口で受け付けした落とし物って、全部見つかっているのよ。

私がそれに気づいてからだけど、ずっと。

そう、全部。

何もかも。

どんなものでも、見つかっているの。

「あった！」

明野さんの嬉《うれ》しそうな声が聞こえてきた。一反木綿のキーホルダーが付いている鍵が見つかったのね。日付も時間も概《おおむ》ね合っているのね。

「二ノ宮さん、落とし物、見つかりました」

「はい、了解です。入力しておくからいいよ」

「よろしくお願いします」

　まるでスキップするみたいにして、明野さんが〈保管室〉から出てきた。窓口で待っている男の子のところへまっすぐに。

「これじゃあないでしょうか。一反木綿のキーホルダーですけど、どうですか？」

　うん、絵とまるで同じ。間違いないね。

「これです！」

　男の子の笑顔。嬉しそう。ちょっと眼が潤《うる》んでいる。

　良かったね。不安だったんだよね。

「それじゃあここにサインしてくださいね。確かに受け取りましたっていう印なの」

「はい！」

　もう落とし物しないようにね。気をつけて帰ってね。

　そして、やっぱり見つかったのね。

　明野さんが受け付けしたときには、その人の落とし物や忘れ物は、必ず、絶対に見つかる。

　明野めぐみさん。今年入ってきたばかりの新人さん。高校を出たばっかりのピチピチの女の子。

もちろん、落とし物や忘れ物を見つけに来た人が、自分の物を見つけられるのは、運しかないの。

私はもうここに七年も勤めているけれど、今まで窓口をやって受け付けして、運良く探し物が見つかった人は、そうだなぁ、何人いたかなんて数えていないし覚えていないけれど、見つからなかった人の方が絶対的に多い。よくて、八割。たぶん、九割ぐらいの人が見つかっていない。どこか別のところで見つかったかもしれないけど、ここには届いていなかった。

それなのに、明野さんが受け付けした人の忘れ物や落とし物は、完璧に、間違いなく、全部見つかっている。

ここに、届いていたんだ。

この間なんか、財布《さいふ》を落としたロマンスグレーの紳士がやってきて、現金は十万ぐらい入っていたって言ってて、あぁそれは仮に財布が見つかっても現金は空か、もしくはいくらか抜き取られているな、って思っていたのに。

現金もそっくりそのまま残って見つかった。何ひとつなくなっていない財布がそのまんま。

いや、もちろんそういうこともあるのよ？　私にも経験がある。財布の中身もそのままに届けてくれた人だっている。

世の中捨てたもんじゃないって思わせてくれる出来事って、ここにいるとけっこうあるの。

あるんだけど。

そして見つかることはとても良いことなんだけど。

明野さんの発見率というか何というか、そんな統計なんか取っていないけど、ちょっと異常だと思うんだけど。

受け付け窓口は、交替制。〈忘れ物センター〉の営業時間は午前八時から午後八時まで。大体一日に二時間か三時間ぐらいは窓口に座って受け付けする。その間に受け付けする人数はもちろん日によってまちまちだし、季節によっても全然違う。でも、大体だけど、一人一日に十人ぐらいは受け付けする。

落とし物をしたんですけど。

車内に忘れ物をしちゃったんですけど。

そうやって、皆少し恥ずかしそうに、不安そうに、中には怒りながら来る人もいるけれど。

ここに届いていて、すぐに見つかる人もいる。

〈保管室〉にまで入っていって、一、二時間探してもらっても見つからないこともある。

まったくそんなものが届いていないこともある。

だから、受け付けした人全員、百パーセント落とし物や忘れ物がここに届いていて見つかるなんてことは、たぶんあり得ないんだけど、明野さんはそうなっている。

それに気づいているのも、受け付けのすぐ脇の机で明野さんの隣りに座っている私だけなんだろうけど。

交替で、私が受け付け窓口に座る。すぐにやってきたのは、中年のおじさん。スーツを着て、ちょっと髪の毛が淋《さび》しくなってきている。

「すみません。ライターの落とし物は届いていませんか」

「ライターですか。どのようなライターですか」

「ジッポのオイルライターなんですけど」

今はすっかり肩身の狭い喫煙者なんですね。

「はい、それじゃあ少々お待ちください。届いている分のライターを確認してみますので」

ライターの落とし物は、少ない。

百円ライターならまだそこそこあるんだけど、そもそも百円ライターを探しに来る人なんかまずいない。もしもいたのなら、どれでも好きなものを持っていってください、って言いたいぐらいに、その数はある。

今回私が窓口で受け付けしたのは、ジッポのオイルライター。黒の革巻きのものだって言っているけれど、残念ながらそんなのは見たことない。でも一応〈保管室〉で確認。

「二ノ宮さん、この三日の間にジッポのオイルライターって届きましたっけ？」

「オイルライターは二個来ているけれど、ジッポはないね」

「ですよね。一応確認に持っていきます」

整理棚を開けて、この三日の間に届いていたライターを窓口まで持って戻る。確認してもらうけど、やっぱりない。

残念でした。

おじさんはちょっとだけ肩を落として帰っていった。大事なものだったのかな。ずっと若い頃から使っていたのかな。ここにあれば良かったんだけど。

私たちはただそうやって受け付けして確認するだけなんだけど、見つからないとやっぱりがっかりしてしまう。探しに来るんだから、大事なものなんだろうって思う。できれば、ここで見つかってほしいと思うんだ。

ライターの整理箱を持って〈保管室〉へ戻る。

「ありませんでした」

「了解」

二ノ宮さんが、微笑《ほほえ》んで頷く。最近、私が受け付けした人は全員見つかっていない。ただの仕事だけど、やっぱりちょっと悔《くや》しいというか、残念というか。

「最近、私が受け付けすると、ことごとく見つからないんですよね」

ちょっと二ノ宮さんにグチってしまった。丸っこい身体《からだ》がちょっとクマさんみたいで可愛《かわい》らしい二ノ宮さん。髪の毛もたっぷりあって黒々しているから、余計にクマさんっぽいのよね。

「そんなときもありますよ。しょうがないです」

「彼女は、よく見つけますよねー」

何となしに、言ってしまった。

「彼女？」

二ノ宮さんが、私を見てちょっと首を傾《かし》げながら言った。

「誰です？」

「誰って、ほら」

ほら、って彼女の名前を言おうとして、出てこなかった。

「あれ？」

彼女？

誰？

「ほら、百パーセントの発見率を誇る、彼女」

「発見率？」

「彼女が受け付けした落とし物や忘れ物は必ず見つかるんですよ。この〈保管室〉に入って、探すと必ず出てくる彼女ですよ。二ノ宮さんだっていつも彼女と」

彼女と話して見つけて入力していくじゃないですか。

あれ、でも、どうして彼女の名前が出てこないの。ど忘れ？

二ノ宮さんは、ちょっと驚いたみたいに眼を丸くしてから、私に向かって微笑んだ。

「なるほど。早川《はやかわ》さんはその彼女を見ていたんですね」

「見ていたって」

もちろんですよ。

彼女は隣りの席で。

あれ？

私の隣りは作業用の机が置いてあるだけのスペース。

人なんか座っていない。

「彼女とランチだって」

行った？

あれ？

混乱してしまった。私は、一体、誰のことを二ノ宮さんに言おうとしていたんだっけ？　彼女？

誰？

二ノ宮さんを見つめると、うんうん、って頷いた。ずっと微笑みながら私を見ている。

「早川さんね」

「はい」

「ここに神棚あるの、知ってますよね」

二ノ宮さんが、天井《てんじょう》の隅《すみ》の方を指差した。

「もちろん」

知ってます。

保管室にある神棚。

皆が知ってます。朝、出社したらそこにパンパン！　と手を合わせる人もいるし、何にもしない人もいる。私は、ここに入ってきてからふと気がついたときに手を合わせたりするけれども。

「どんな神様が祀ってあるか、知ってます?」

「知りません」

全然わからない。ただ、神棚なんだなって思っていただけ。誰も教えてもくれなかったし。

「その昔、この辺りは河口《かこう》だったんですよ」

「かこう?」

「河ですね。埋《う》められたんですけど」

あぁ、河口。

そうか、そういえばそうだったって思い出した。

ここだけじゃなくてこの町はどこもかしこも埋め立てられたところで、江戸時代まで遡《さかのぼ》れば河口だったり海岸線だったりする。

「そして木屋町《きやまち》って言うんですかね。木材が集まる場所でね。その木材を加工したり何かを作ったりするので、職人の町でもあったんですよ。実に多くの職人が集まっていたんですね。大工《だいく》からお針子《はりこ》さんから料理人までね。わかりますよね。人が集まるところに自然と町ができあがり、それぞれの職人も増えていく」

「わかります」

そうやって、日本全国にいろんな町が生まれていった。現代になるにつれて町の様子はものすごく変わってしまっているけれど、町名とかにその名残《なご》りがあったりするんだ。〈銀座《ぎんざ》〉って名前だってそう。元々は銀を使ったお金を作るところでそう呼ばれるようになって、転じて繁華街のことをそう呼ぶようになっていったんだ。

でも、神棚からどうしてそういう話になっているんでしょうか。

「そしてね、ここには立派なお地蔵《じぞう》さんがあったんですよ」

「お地蔵さん？」

「今でも、あちこちにありますよね。とげぬき地蔵とか、いろんな曰《いわ》く謂《いわ》れがあるお地蔵さんが日本全国の各地に」

ああ、そうか。

「ありますね」

「ここにも、この地下鉄の駅の上にもあったんですよ。そういう職人たちが集まる町の守り神みたいにね。その昔は〈てのひら地蔵〉なんて呼ばれていたようです」

「〈てのひら〉」

何でてのひら。

あ、そうか。

「職人さんたちの〈手〉ってことですね？」

「そうですそうです。いろんなものを生み出す〈手〉を守る地蔵です。そのお地蔵さんを撫《な》でると物を作るのが上手になるとかね。そういう感じのお地蔵さんです。そしてそこにいろんな道具も祀られるようになっていました。大工道具とか裁縫道具とか調理道具とかね。実はいろんな道具が納められて、お地蔵さんの祠《ほこら》みたいなものも大きくなっていったとか」

なるほど。何となく眼に見えるよう。

わかる。

え、そうすると。

「じゃ、あの神棚って、ひょっとしてそのお地蔵さんを祀っている神棚なんですか？」

「そうなんですよ」

二ノ宮さんが微笑みながら頷いた。

「あまりお地蔵さんを神棚に祀ったりはしませんけれど、苦肉《くにく》の策でしょうね。最初はこの真上に建ったビルとビルの間にそのまま残されていたんですけどね。それじゃああんまりだってビルの屋上に持っていかれて」

「屋上じゃあ、誰もお地蔵さんに会えませんね」

「そう、そうしてまたそのビルが取り壊されるときに今度は地下街に持っていかれてしまってね。地下鉄ができたときには、人がたくさん通るだろうってこの地下鉄のところに持ってこられてね」

「じゃあ、〈忘れ物センター〉ができたときに」

そうです、って頷きながら、二ノ宮さんは神棚の下の壁にあった扉を押して、開けた。

「お地蔵さん！」

そこに、お地蔵さんがいた。

古い古い、もうお地蔵さんなんだか苔生《こけむ》した石なんだかわからなくなっていたけど、ちゃんとした社《やしろ》みたいのものがあってそこにたくさんの古そうな木の箱に囲まれて。

清潔そうに、きれいに、いつもきちんと掃除されているのははっきりわかって、しかも扉を開けると同時にセンサーライトで照らされている。

よく壁に付いているスチール製の扉だったから、まさかそんなものが入っているとは。

「てっきりそこには、配電盤とかあるいは配管とか、そういうものがあるもんだと思っていました」

「でしょうね。普通はそう思いますよ。知っているのはたぶん私だけ。あぁ、これで早川さんも知りましたね」

二ノ宮さんが笑って、そうしてお地蔵さんに、〈てのひら地蔵〉さんに向かって手を合わせた。

私も、手を合わせた。眼を閉じて、祈った。

こんなところに閉じこめるなんて、愚《おろ》かな人間たちです。ごめんなさい。代表して謝ります。

これからも、たくさんの道具たちを、職人の手を守ってあげてください。

そう願って、眼を開けた。

顔もわからない岩みたいなお地蔵さんが、微笑んだような気がした。

その顔を、どこかで見たような気がした。

「彼女は」

名前がどうしても出てこない、彼女。

落とし物の発見率百パーセントの彼女。

「お地蔵さんなんですか?」

二ノ宮さんが、うーん、って首を傾げた。

「そうなんでしょうかねぇ」

ゆっくりと扉を閉めた。

「私が初めて会ったのは、もう二十年も三十年も前でね。それからずーっとあの子は、この〈忘れ物センター〉の新人さんとしているんですよ。でもね、それを知ってるのは私だけだったんです。だから誰にも言えなかった。お地蔵さんの化身《けしん》なのか、あるいは九十九神《つくもがみ》かなぁと。わかりますか？　九十九神って」

「もちろん」

知ってます。詳しいです。

「ここに奉納《ほうのう》されたたくさんの道具たちがね、神様になって、ここの忘れ物や落とし物を見つけて、あるいは作ってくれているんじゃないかなぁってね。落とし物をしてしまう、しょうがない人間たちのためにね。苦笑《にがわら》いしながら、もう捨てるしかない落とし物をリサイクルしてね」

そうか。

「売られていくものじゃなくて、捨てるしかないものから」

作っていたんだ。

その神業《かみわざ》で。

一瞬に。

「そうなんだと思いますよ。ま、私がしていたのは彼女が見つけた落とし物や忘れ物は届いてもいなかった物なので、それが届いていて落とし主が取りに来た、というデータを入力していただけでね」

彼女。

名前を思い出せない彼女。

「二ノ宮さんは、何て呼んでいたんですか?」

うーん、って苦笑いした。

「私から呼ぶことはなかったですからね。まぁ心の中では〈てのひらさん〉と呼んでいましたけれど」

〈てのひらさん〉。

そうか。

これから私もそう呼べばいいのか。

「いやしかし」

二ノ宮さんが、大きく息を吐いた。

「これで、いつでも引退できそうです」

「え、引退って」

「私ももう七十五ですからね。嘱託《しょくたく》でずっとこの〈保管室〉の主をやってきましたけれど、いつまで身体が持つものか」

「いえ、そんな」

いつまでもいてください。二ノ宮さんがいないと、困ります。淋しいです。

でも、そんなわけにもいきませんよね。

「私が引退する前にね、誰かに教えておきたかったんですよ。ここに〈てのひら地蔵〉さんがいることをね」

私が、知ったんだ。

教えてもらう前に、彼女に会っていた私が。

「でも、これって秘密でも何でもないんですよね？　こうしてきちんと予算を掛けて保管されているっていうのは」

「もちろんですよ。知らない人も多いでしょうけど、知ってる人は知ってます。でも、何せ〈忘れ物センター〉職員としてはこれの管理業務はまったくの範囲外ですから」

「誰もやる人がいない」

「そういうことです。毎日神棚にお水を上げて、週に一回社をお掃除してあげるだけなんですけどね」

ちゃんと、そこにいることを、知っていることを忘れていないことを伝えるだけです、って二ノ宮さんが言った。

「わかりました」

私が、受け継ぎます。

「ちゃんと、やります」

「助かりますよ」

二ノ宮さんが、微笑んだ。

でも、できれば、お元気でずっとずっと続けてください。

二ノ宮さん。

ひょっとしたら、二ノ宮さんが〈てのひら地蔵〉さんで、彼女は付き従う九十九神っていうのもアリですよね？

私、そういうの好きなんで。

引きこもりにおじさん

毎日、家の眼の前にある小さな公園を横切って、学校へ通っていたんだ。

幼稚園のときにはちょうど家の前にお迎えの幼稚園バスが停まって、近所の子供たちと一緒に乗り込んでいったから公園を横切ることはなかったんだけど。

小学校からは、公園を横切っていった。その方が早いってわけじゃ全然なかったんだけど、単純に、その方が楽しかったからだろうな。

毎日のようにそこで遊んでいる公園。そこをダダダダーッて走って学校へ向かっていくのが、ただ楽しかったんだ。まぁさすがに中学に入ったらそんなことはあんまりしなかったけれどさ。

砂場があって、タコの形をしたすべり台があって、ブランコも二台あって、鉄棒が三つ並んでいた。名前がよくわかんないけど、馬みたいでバネのついた乗り物みたいなものもあった。そう、ベンチもけっこうあった。

大きな木が周りに何本か植えてあった。その中の一本は桜で、季節になるとピンク色の花を咲かせて、そして実もつけてスズメたちがよく食べに来ていて、桜の木の下には軸《じく》がたくさんおちていたんだ。

スズメや他の野鳥に餌《えさ》をあげている、たぶん近所のおじさんもいた。僕たちは鳥おじさんって呼んでいたんだけど、きっとおじさんが餌をあげるので、野鳥がたくさん来ていたと思う。いつも鳥の声がしていたから。動物が好きだったから、鳥おじさんがいるときに公園を通るとよく話しかけてたな。

広さは、どれぐらいだろう。

何平米とかは考えたこともないけれど、長い辺のところはたぶん十五メートル、いや二十メートルはあるかな。短い辺は十メートルぐらいか。

小さいとは言えないかもしれないけれど、そんなに大きくもない。周りにある住宅を詰め込めば、三軒ぐらいは並ぶ感じの大きさかな。

〈わくわく公園〉

そんな名前がついていたっけ。

とにかく家の眼の前だから、二階の僕の部屋からほぼ公園全体が見渡せる。

子供たちが遊ぶだけじゃない。一本向こうは大通りで商店や会社やいろんなものがあるから、お昼時にサラリーマンやOLさんが、何人かベンチでお弁当を広げて食べていることだってあった。夕暮れ時に、帰ってきた高校生のカップルがすべり台のところで話し込んでいたりもする。

夜中に、くたびれた中年のおっさんが何をするでもなくただベンチに座って、月を見上げていたりすることもあったし、酔っ払いが朝までそこで寝込んでいたことだってある。

夏の夜中に酒を飲んでバカ騒ぎしてる連中を、交番のお巡《まわ》りさんがやってきて走り回って捕まえて連れていったこともある。

たぶん、日本中の住宅街のどこにでもある、フツーの公園だ。

そして僕も、フツーの男だ。

生まれたときから、その公園の眼の前の家に住んでいて、幼稚園から専門学校まですっと自宅から通った。

本当に、ずっと自宅にいたんだ。一人暮らしをするっていう環境にはまったくならなかった。だって学校は全部市内にあったし、どこか遠くの大学にでも行けばそういう環境にはなったんだろうけど、そんな気にもならなかった。

なりたいものも何にもなかった。将来の夢、なんていうものにもなんだか興味が湧かなかった。

今でも覚えているけれど、小学校のときの授業で〈将来の夢〉とかを書くときに、アイドルになりたいとかサッカー選手になりたいとかケーキ屋さんになりたい、って書いている同級生たちを、不思議に思っていたんだ。

君たちは、空でも飛べるんだろうか？　って。

自分の歩く道はそんなところに続いているってどうして思えるんだろうって。

僕の歩く道は、公園を突っ切ってそして大通りに出るその道しか思いつかなかったんだ。歩いていけるところにあるもので、人生はできているんじゃないかって考えてしまった。その歩いていけるところに、サッカー選手もアイドルもなかった。

まぁケーキ屋さんはあるから、それはそれでいいな、と思ったけれど。

たぶん、僕は生まれたときから、そういう、まぁつまらない男になってしまっていたんだと思うんだ。

父さんは、市内ではいちばん大きな建設会社に勤めていた。母さんは、近くのショッピングモールの店でパートとかやっていた。

兄弟姉妹はいない僕は一人っ子で、裕福じゃないけれども、ほぼ何にも苦労はしなかった。買ってほしかったゲームなんかは誕生日に買ってもらえたり、クリスマスにサンタが持ってきてくれたり。お小遣いも毎月貰《もら》えた。そもそも父さんも母さんもゲームやマンガが大好きだったから、欲しいものは大体揃《そろ》ったんだ。

そういう今までの人生を、不幸せとは決して言わないと思う。

僕は、幸せな家の子供だったたと思う。

父さん母さんはときにはケンカすることもあったけど、ほぼ仲が良くて離婚することもなかったし、父さんの会社が潰れることもなかったし、どっちかが重い病気にかかることもなかった。

ま、父さんは糖尿《とうにょう》の気《け》があるし痔《じ》の手術も受けて、あのときはけっこうバタバタしたけども。そうだ、一度だけ事故ったことはあったけれど、それもこっちに責任は[illegible]んどなかったし、怪我《けが》も軽いもので済んだ。

僕[illegible]小学中学高校と、イジメみたいなものには遭《あ》わなかった。そもそもいつもクラスは平和だった。平和っていうのは別に皆が仲良しみたいなものじゃなくて、それぞれに仲の良いもの同士で集まって毎日を過ごしていたっていうだけのことだけど。

特に高校はそうだった。だから、正直三年生のときのクラスメートでも、名前を忘れてしまった奴だっているぐらいだ。覚えることもなかったぐらい。

むしろ中学のときの連中の方が、皆が仲良くて今でもよく顔を合わせる。

そう、皆が一応近所の連中ばかりだから。それこそあの公園で遊んだ連中だってたくさんいるんだ。親同士も近所の人たちだから顔見知りばかりだし。

僕は専門学校を出て、公務員試験を受けて、そして市役所に就職できてしまった。運が良かったんだと思う。

近所の中学のときの同級生たちは、高校でバラバラになったら本当にバラバラになっている。

大学で遠い街に住んでいるのも、高校を出てすぐに就職して遠い街に行ったのもいる。

結婚して違う街に行った女子もいる。本当に皆、バラバラだ。どこで何しているのかまったくわからないのも、いるかな。

市役所で配属されたのは都市建設課の公園係。

わ、公園だ、ってちょっと笑ってしまった。

なんか、納得《なっとく》してしまったんだ。

そうか、ずっと家の眼の前の公園を見てきてそこを走っていたのはそうだったのか、って。やっぱり僕は自分の歩く道はここに繋《つな》がっていたんだなって。

文字通り、市内の公園の管理だ。

あたりまえだけど、別に自分の家の前の公園にすぐに行くわけじゃない。市内にはものすごい大きな自然公園もある。その数はかなりあって、自分の家の前の公園を直接管理、つまり現場に行って調査したりすることはなかった。

でも、いつか、順番が回ってきて、わざわざ自分の家の前にまで戻ってきて公園の調査をするんだろうなぁ、とは思っていた。

「佐藤《さとう》くんね」

母さんが、晩ご飯を食べているときに言ってきた。

「佐藤？」

「ほら、お向かいの佐藤俊治《しゅんじ》くんよ」

「あぁ」

シュンジ。

お向かいって言ってもうちの玄関前は公園だから、その向こうの少し右斜めの家の佐藤俊治。

「シュンジがどうしたの」

「どうしたって、あの子引きこもっていたじゃないの」

「え？」

引きこもり？

「知らない」

「知らないって、あなた幼稚園からずっと一緒なのになんで」

なんでって。

「シュンジとは同じクラスになったことないし」

もちろん小さい頃はよく公園で遊んだりはしたけれど、クラスが別だし部活で一緒になったこともないし、高校は別だったはずだし。

「え、あいつ引きこもっていたの？」

「そうよ」

「いつから？」

「高校に入ったときぐらいからみたいよ」

「なんで？」

「それをお母さんが知っているはずないじゃない。話したことない？　せっかく入った高校もほとんど行ってなかったみたいよ？　卒業証書だけは、なんとか貰ったみたいだけど。その後は何もしていなかったみたいだけど、何だか大学に行く気になったとか」

そうなのか。

全然知らなかった。

今から大学生か。

もしも来年受かったら、三浪したことになるのか。でもそれぐらいは、いい大学だったり有名な美大とかだったら全然普通にあることだろうから、どうってことないだろう。

引きこもっていたのか。

シュンジにそんなイメージは、ない。

よく覚えてないけど小学校でも中学でも成績は良かったはずだ。それに、運動会でも足が速かったり、そうだ、小学校のときにはめっちゃスポーツが得意だったはず。

まるっきり引きこもりなんてイメージは、僕の中には、ない。

「そういえば本当に顔を合わせてないなー」

「あなた、明日休みでしょ？」

「休み」

公務員はしっかり土日は休みです。市役所の場合はシフト制で出勤する部署もあるけれど、公園係は休みです。

「いろいろ話してきたら？　シュンジくんずっと部屋にいるらしいし」

「何で？」

「何でって、友達じゃない。それにあなた公園係になったんでしょう？　シュンジくんの部屋はあなたと同じで二階の公園に面している部屋よ。あなたが公園でいろいろやっているところをシュンジくん、見るわよ」

全然どういう理屈なのかわからない。

いや友達だから、っていうのはまぁわからないでもないけれど。

「公園係になったからって、うちの前の公園に僕がずっといるわけでもないんだよ？　ここに定期の調査やなんかに来るのなんて、たぶん随分《ずいぶん》先の話だよ」

「そうなの？　ずっといるんじゃないの？」

「そんな人見たことある？」

「〈わくわく公園〉にはいるわよね。公園係みたいな人が」

そうだった。そういえば、って思い出した。

鳥おじさんがいる。

うちの眼の前の〈わくわく公園〉には、野鳥に餌をやったり、掃除をしたりしていたおじさんがいた。誰かは、知らない。たぶん近所の人なんだろうけど、確かめたことはない。でも普通に大人と話したりしていたから、きっと町内のどっかの人なんだろうって認識していた。

「まだ来てる？　鳥おじさん」

「いるわよ。知らなかったの？」

「知らないよ。昼間は僕はほとんど家にいないんだし」

そうよね、って母さんが頷《うなず》く。

「うちの周りの鳥ってみんなぷくぷくしているのよね。あれはきっとあの人が餌をやっているからよ」

そんなバカな。いや案外そうかもしれないけど。

「どこの人なの、あの鳥おじさんって」

「知らないわよ？」

「え、何で知らないの？」

「何でって、町内の人なのは間違いないだろうけど、名前までは知らないわお母さんは。そんなに話したこともないしね」

そうなのか。そういうものなのか。

シュンジに会いに行こうと思って、外に出た。

特に予定はなかったし、母さんが何年ぶりかで公園でシュンジに会って、そして僕のことを訊《き》いてきたんだからって言うから。

それで大学に行こうとしているのを、母さんは知ったらしい。まぁその前にシュンジの母さんに買い物行ったときに会って、ようやく息子が外に出る気になってくれたって喜んでいたのは知っていたらしいけど。

出たらすぐに公園だ。そして公園の中に入っていけばすぐにシュンジの部屋の窓も見える。たぶん、あそこだったはずだ。すっごい前に一回ぐらいは行ったことがある気がする。

公園を横切って、鳥おじさんがいるかと捜したけど今日はいなかった。スズメたちの声がしている。他にも鳥の声はしているけど、何ていう名前の鳥かは僕はわからない。

猫がいた。タコのすべり台のところで、寝ていた。あれがどこかの家の飼い猫か、地域猫かは僕は知らない。

でも、地域猫はいるんだ。母さんたちがその活動をしていたのを覚えている。どこで飼われているかわからない猫を見つけて、避妊《ひにん》手術とかして、そして餌もあげているんだ。町内会費で。その町内会の総会とかそういうもので、ちゃんと決めているんだって言ってた。猫のフンとか、犬のフンとか、そういうのを掃除したりするのもちゃんと決めていたはずだ。

シュンジの家の前で、二階を見上げたら、窓が開いた。

「ユーリ」

シュンジが僕を呼んで、少し笑った。

「今、そっち行く」

そっち、って公園のベンチを指差したので、頷いた。

「めっちゃ久しぶりだな」

「あぁ」

シュンジは、変わってなかった。そもそも中学の頃のイメージしかないんだけど、その頃より随分カッコよくなっていた。

白いシャツに、黒のスリムなジーンズになんかカッコいい革のサンダル。

全然、引きこもりって感じはしない。

「市役所に就職したんだってな。公園係」

「そう。おふくろに聞いた？」

「言ってた。この公園を掃除するからよろしくって」

笑った。確かに掃除もするだろうけど、それは業者の人がやってくれる。僕がするわけじゃない。

「しないよ。管理はするけれど」

「だよな」

何だか、シャンプーのいい匂いがしている。

「シャワー浴びてんだ。毎朝」

「へー」

「今まで、ろくにフロも入らなかったからさ」

「フロ」

「引きこもっていたんだ」

「聞いた。全然知らなかった」

「高校、別だったからな」

そうなんだろうけど、今こうしていても全然信じられない。僕が知ってるシュンジそのままだ。

「大学入ることにしたって聞いたけど」

うん、って頷いた。少し嬉《うれ》しそうに。

「遅くなったけどさ」

「そんなことないよ」

心底思っていた。

「シュンジ、頭良いし。むしろハンデとしてちょうどいいんじゃない？」

「ハンデ？」

「僕らみたいな、普通の同級生にしたらさ」

首を捻《ひね》って、苦笑《にがわら》いした。

「あぁ、そんな感じか」

「全然行けるさ。今からでも」

そうだな、って頷いた。

「俺さ、ユーリが市役所入って、公園管理の仕事するって聞いてからさ、ずっと会おうと思っていたんだよ」

「なんで？」

いや、会うのは全然いいんだけど。友達なんだし。近所の同級生なんだし。

「俺が引きこもっちまったのはまぁともかくさ。外に出るようになったきっかけを話したくてさ」

「きっかけ」

ぐるっと公園を見回した。

「今日はまだ来てないけど、鳥おじさん、覚えてるよな」

「もちろん」

そうだなー、って立ち上がった。

「ちょっと散歩しようぜ。それから話す。時間いいんだよな?」

「いいよ」

歩き出した。

「どこまで?」

「〈なかよし公園〉」

〈なかよし公園〉? すぐ近くの別の公園。小学校の向こう側だ。僕やシュンジは通学路に入っていなかったから、あんまり遊んだことはないけれど。

「なんで?」

「まぁ、向こうに着いたら話す」

歩いていく。シュンジが歩きながら辺りを見る。

「ちっちゃい頃からしたらさ、古ぼけてきたよなって思わないか?」

「あー、そうだね」

町内も、公園も。

僕の実家も建ててからもう二十年以上経《た》っているから、あちこちガタが来ているところもある。こうして都市建設課に入って、そういう眼で町内を見ると、空き家も増えている。

「思うよ」

「空き家も多いしさ。俺らが小さい頃にあった、近くにスーパーができる話もなくなったじゃん」

「あったねそんな話」

「だから、人口減ってるんだよこの辺って。新しい家もあまり建たないし。実際俺らの年代がどんどん出ていってるから、一人っ子の家なんかは、夫婦二人の暮らしになったりするんだよ」

「そうだね」

「あと十年もしたら、老人ばっかりになるかもよ。そうしたら、どんどん荒れてくるんだ」

「荒れる」

「町のことなんか考えない人が増えるってことだよ」

〈なかよし公園〉に着いた。ものすごく久しぶりに来たと思う。

「たぶん、小学校以来だ」

そう言ったら、シュンジも頷いた。

「俺もそうだ。何か、気づかないか？　公園係の眼になって見たら」

荒れている。

「すぐにわかるよ。全然違うな〈わくわく公園〉と」

「そうだろ？」

どうしてだろう。この辺だって、うちの周りと全然変わらない環境だ。わりと新興住宅街で、子供たちだってまだたくさんいるはずなのに。

どうしてこんなに違うんだろう。

「こういう公園ってさ、常に管理者がどこかにいるわけじゃないだろ？」

「地域によっていろいろ違うけどね」

この辺の公園はそうだ。管理しているのはあくまでも市。定期的な清掃やそういうのは年に一回とかのはず。

「雑草だって伸びるしさ。ゴミ箱はないけど誰かがゴミを落とす。町内会で清掃とかはするだろうけど、それだって半年に一回とか二回とかそんなものだよ」

「そうだろうね」

町内会の町内清掃には僕も小さい頃に参加したことある。決められた日の朝に、町内会の人が皆集まってゴミ拾いをするんだ。けっこう集まったのを覚えてる。

「鳥おじさんだよ」

「鳥おじさん？」

「あの人って、俺たちがまだ幼稚園の頃から、ずっと公園に来てるよな。鳥に餌をやったりしてるよな」

「そうだね」

「最近、見た？」

見ていない。最後に見たのは、いつだろう。

「中学生のときだったかな」

「俺は、ついこの間も見たんだ。引きこもっている間、窓からいつも見てた。鳥おじさんが公園に来て、鳥に餌をやっているのを。そうして、鳥おじさん、掃除もするんだよ。鳥のフンとか落ちるから」

「あ」

そうか。それは覚えている。いつも掃除していた。

「近所の人もさ、鳥を見に来たりするんだ。そうしたらやっぱり同じように掃除をするんだ。遊具とかも、おじさんが掃除しているんだ。雑草も抜いたりしている。

で、近所の人たちもそれを見て、同じようにさ、気づいたら掃除をしたり点検をしたりしているんだ。皆が自発的にさ」

「そうなのか」

それで〈わくわく公園〉は、荒れていないのか。皆が自主的に掃除したりしてるから。

「鳥が来れば、半ノラも来る。そうしたら鳥好きも動物好きも公園にやってくる。来たら皆が快適に過ごしたいから自然ときれいにしようとする。子供たちも喜ぶ。皆の憩《いこ》いの場になっていく」

そうか。

「鳥おじさんがいるだけで、皆が幸せになっていくんだ。凄《すご》いと思わないか？」

「確かに」

考えたこともなかった。でも、この公園の様子を見ただけで、頷ける。

「そしてさ、俺ずっと鳥おじさんを見ていたんだけどさ。あの人、全然歳を取らないんだ」

「歳を取らない？」

「俺たちが幼稚園の頃からさ、ずっとあのままなんだよ。まるで神様かなんかみたいだと思わないか？」

「神様？」

「福の神とかさ、よくわかんないけど」

真面目《まじめ》に言ってるのはわかった。

「俺、どこの家の人なんだろうって思って何回か尾行《びこう》したんだ」

「え、それでどうしたの」

「全然わからなかった。こんな狭い住宅街なのに、いつも見失っちゃうんだよ。まるでどこかへ消えるみたいにさ」

見失うのか。

「でも、たとえば角を曲がったときにどこかの家に入っちゃったら、見失うよな」

「そうだけどさ」

シュンジが頷いて笑った。

「でも、俺が外に出たのも、鳥おじさんって何者なんだ？　って疑問を持ったからなんだよな。それがきっかけだったんだ」

「そうなのか？」

「大したことじゃなくて自分でも笑っちゃうけど。だから、俺にとっても鳥おじさんは、神様みたいなものでさ」

そうか。

うん。

「確かにそうかもな」

そう考えた方が、楽しいな。

「公園の管理って、すごくいい仕事だと思う。お前に合ってるなって思った」

「そうかな」

「あちこちの公園をさ、ちゃんとしてくれよ。そうしたら、大げさかもしれないけど、この世界はもっと良いものになるって思ったんだ」

この世界か。

もっと良いものにか。

「そうかもしれないな」

☆

先輩で上司の河西《かさい》さん。

河西淑子《よしこ》さん。女性だ。

歳は訊いたことないけれど、聞いたところによると四十歳。独身なんだそうだ。

いやそんな上司のプライベートを知ろうなんて思ってないけど、こういう仕事をしているのはきっと男性ばかりだろうなって思っていたから、ちょっと意外だったんだ。

河西さんと組んで初めて車に乗って、公園の定期点検。その中に家の眼の前の〈わくわく公園〉もあったんだ。

公園のすぐ脇に車を停めた。

「あそこが、家です」

指差した。今も、そこから市役所に通っている実家。実家、っていう言葉を使うのは一度でも家を離れて一人暮らしをした人間が使う言葉ってイメージがあったから、自分で使うのは何となく控《ひか》えてしまう。

あら、って河西さんが微笑《ほほえ》んだ。

「本当に眼の前だったのね」

「そうなんですよ」

ふーん、って河西さんが見回した。微笑みながら。

鳥おじさんの話をしたんだ。これから回る中のひとつが自分の家の眼の前の公園だって。そして、友達が言っていたんですけどってシュンジが話してくれたのを教えた。

「本当に、いい公園ね」

河西さんが頷いた。

「何でもない、ごくごく普通の住宅街の中の公園なんだけど、空気がきれい」

「空気が？」

うん、って頷いた。

「その鳥おじさんが、野鳥を呼んで、そして近所の皆を呼んで、ここをきちんと公園として使っているせいね」

僕を見た。

「人が住まなくなった家は、あっという間に寂《さび》れてくってわかるでしょ？」

「わかります」

空き家って本当にすぐにわかる。

「あれは、文字通り人気《ひとけ》がなくなるから、建物も死んでいくのよ。不思議なもので、人がいなくなるとそこにあるものは自然と寂れていく。それは公園も同じよ。使われない公園は、あっという間に寂れていく。雰囲気が寂れていくと、周りの人たちもどんどん使わなくなる。悪循環よね」

「そうして、置かれている遊具も錆《さ》びていく」

「その通り。人の手が触れないものもすぐに寂れていくわ。確かに、この〈わくわく公園〉には、神様がいつも来ているのかもね。近所の皆さんに福を振り撒《ま》く福の神が」

「福、ですかね」

そうよ、って言いながら公園の中に入っていくので、一緒に入っていく。シュンジの部屋の窓を見たけど、あいつはもう大学受験の準備に入っている。図書館か予備校か、どっちかで猛勉強しているはずだ。

「福って、なんだと思う？」

河西さんが僕を見て言う。

福か。

「幸せ、ですよね。その人が幸せになるものが、福ですよね」

「その通り。何も宝くじに当たるとか、お金が儲《もう》かることだけが福じゃないわよね。その友達にだって福が来たんじゃない？　お母さんも喜んでいるでしょ」

「そうですね」

母さんが言っていた。シュンジのお母さんが明るくなって良かったたって。

「他にも、この公園の近所の皆さんには、小さいものかもしれないけど毎日福があるはずよ。朝、小鳥たちの声で目覚めることだって福、小さな子供がきれいな公園で遊べることだって福。そういうものが重なり合って、家庭がいつも平穏無事なら、とっても大きな福でしょう？」

確かに、そうだ。

「この仕事してるとね、たまにそういう話を聞くわ」

「そうなんですか？」

ニコッと笑って頷いた。

「誰かがいるのよ。私たちが管理する以外のところで、すごくきちんとしている公園ってそういう人がどこかにいる。その町に住んでいるのね」

住んでいる。

「町に住んで、皆の気持ちを良くしてくれる神様がね」

シュンジと話してから、いつか会えるかなって思っているんだけどなかなか会えない。

鳥おじさん。ひょっとしたら、福の神。

いつかまた会えたときには、きちんと話してみたいと思うんだ。

子供は風の子

「おっ！」

スーパーからの帰り道。突然、後ろから足に何かがぶつかってきて、声が出てすぐ後ろを、いや、下を見た。

まったく赤の他人だが、たまたま一緒にスーパーから出てきてすぐ前を歩いていたサラリーマンらしき男性も、少し驚いたようにこっちを見た。

人間の脳ってやつは本当に素晴らしくて、驚いたと同時に何がぶつかってきたかをすぐに判断しちまう。

子供だ。子供が足にぶつかってきた感触。

きっと前を見ないで走ってきて俺の足にぶつかったんだ。追いかけっこでもしていたのか。

「大丈夫《だいじょうぶ》か？」

何歳ぐらいだ。小学校の一年とか二年とか、とにかく低学年だろう。髪の毛が長くて可愛《かわい》らしい顔をしているが、男の子だ。黄色い長袖のトレーナーみたいな服に黒いパンツに赤い運動靴。

地面に転がっているが、楽しそうに笑っている。すぐに立ち上がってきて、俺の顔を見てる。

「大丈夫か？　どっか痛くないか？」

もう一度訊《き》いたが、ただ笑っている。

何だか嬉《うれ》しそうだ。転んだことが楽しかったのか嬉しかったのか。

子供ってそういうもんだよな。見た感じでは怪我《けが》してそうな感じはないし、そもそもぶつかったときにすぐに視界に入っていた。派手《はで》に転んだ感じではない。ころん、と寝転がったぐらいだ。

見覚えはない。もっとも近所の子供の顔なんか誰一人覚えてはいないが。

「お父さんやお母さんは」

周りを見たが、親らしき大人の姿は、ない。

さっきのサラリーマンらしき人ももういなかった。自分には関係ないし怪我もないだろう、と、そのまま歩き去ったんだろう。

そう思った次の瞬間、ポン、と腿《もも》の辺りを小さな手で軽く叩《たた》かれたと思ったら、その男の子は駆け出していった。

サーッ！　っていう擬音《ぎおん》がぴったりくる感じの、滑《なめ》らかな走り。

「いいフォームだ」

去り際《ぎわ》に照れ臭そうに笑っていた。

ポン、と叩いたのは、ぶつかってごめんなさい、のつもりか。元気だけど、恥ずかしがり屋さんの男の子かもしれない。こちらも思わず笑顔になってしまう。

それにしても足が速い。

あっという間に小さなその背中が豆粒のようになって、そして角を曲がって見えなくなってしまった。

「ちょっと凄《すご》いな」

あれぐらいの歳の頃であの速さは、将来かなり有望なんじゃないか。

もう遠い遠い昔の話だが、中学高校と陸上部だった。短距離選手だ。これでも一〇〇メートルで県内の大会で一位になったこともある。それなりに有望選手だったのだ。

スポーツは全部大好きだ。仕事を始めてからは草野球ぐらいしかできなかったが、サッカーでもバスケットでもフィギュアスケートでも、とにかくスポーツなら何でも好きでテレビでのスポーツ観戦は趣味といえばそうだった。

今でもそうだ。退職してからは特に、日がな一日スポーツ観戦している。

今は、良い時代だ。昔は観られなかったスポーツの試合が、ネットに繋《つな》がっていればいろんなものが観られる。しかも、ほぼ一日中だ。

夢というか、もうひとつの人生を生きられるのなら何かのスポーツ選手になって、引退してからは解説者として過ごしていければいいな、と、夢想したこともある。

歩き出す。

買い物袋に入れていた豆腐《とうふ》はくずれていないか確認した。あの子は袋にはぶつからなかったからな。

「いや、しかし凄いぞあの子？」

歩きながら、走り去った男の子の姿を頭の中で思い出していたら、また改めて驚いてしまった。

滑らかだった。足の動きも手の捌《さば》きも身体《からだ》のバランスも、どこにもブレがなかった。

ひょっとしたら、親御さんが何かのスポーツ選手で、あの子がもっと小さい頃から何かの運動をやらせていたのかもしれない。

そう、体操とか、そういうもの。

前から思っていたが、子供にスポーツをやらせようと思うのなら、まず体操教室にでも通わせればいいと思う。体操は、身体のバランス感覚を発達させる。そして体幹《たいかん》が鍛《きた》えられる。その鍛えられた体幹とバランス感覚は、その後でどんなスポーツをやっても頭ひとつ抜け出せると思う。以前、サッカー日本代表にまでなった選手で、小さい頃に体操をやっていた男がいたが、彼のボディバランスは凄かった。空中戦では敵なしだったし、詰《つ》められても削られてもその体幹の良さでほとんど負まぁ本当に凄いスポーツ選手になれるかどうかは、その子の特質とセンスに拠《よ》るところが大きいんだろうが。

あと十何年か経《た》って、あの子の大きくなった姿を何かの大会で見られたら楽しいな、と頬《ほお》が緩《ゆる》んだ。

顔ははっきり覚えている。可愛い男の子だった。

街路樹の葉擦《はず》れの音が耳に響く。枝がきしむ音がする。

「風が出てきたな」

天気予報では今夜は強風になるそうだ。警報が出る地域もあるらしい。台風は来ないが、この時期にはたまにこういう風が吹くんだよな。

もう仕事に出ることがないのに、毎日の風を気にしてしまうのは、習《なら》い性《しょう》だ。たぶん、もう死ぬまで風や天候を気にしながら毎日を過ごすんだろう。

港のクレーン作業。今日のこれからの風なら、そう影響はないだろう。

風速十二メートルまでなら余裕で対応できる。作業中止の判断を迫られる十三メートルから十四メートルになると、クレーンを担当するそいつの技量が求められる。

上手《うま》く対応できないと、当然作業効率は落ちて、後々の作業がキックなるんだ。

知らない人はもちろんわからないだろうが、コンテナをクレーンで運ぶ作業はクレーンマンだけがやるわけじゃない。港でそして船のデッキで指示と確認する人間、コンテナを大型トラックでクレーン真下まで運ぶドライバー、全員がひとつになってやらなければ作業効率が落ちて、百個のコンテナを運べる時間を取っているのに八十個しか運べなかったということになる。

それは、一般事務でいえば今日できる書類作りを途中で時間がなくなって、明日にズレ込んでしまったということだ。もしくは残業するってことだ。

同僚たち、後輩たちの作業着姿が目に浮かぶ。定年になる前に視力が回復しなくなって、日常生活に支障はないものの、どの作業もできなくなってしまい、引退してからもう二年だ。

もう皆、作業中に俺のことを思い出すこともなくなっているだろうな。

アパートまで戻ってきたら、二階の廊下《ろうか》のところに見慣れない色鮮《あざ》やかなものがあるのが見えた。

俺の部屋の前だ。最初は子供の三輪車か何かでも置いてあるのかと思った。遠くのものは何もかもぼんやりしてしまっている。近づいたところで、ようやく物とかじゃなく、人間だってわかった。

鉄製の錆《さ》びた階段を、音を立てながら上る。そこでようやく、わかった。

さっきの子じゃないか。

ぶつかってきた子。

やっぱり近所の子だったのか？

もう一人、女の子もいる。同じような黄色いシャツにピッタリしたジャージのようなパンツに赤いスニーカー。似たような色合い。

兄妹か？　身体は男の子より小さいから妹なのか。二人で、俺のドアの前に座っている。

「こんにちは」

言うと、二人してにっこり笑う。

そして、こくん、と男の子は頷《うなず》く。

さっきもそうだったがこの子の声を聞いていない。ひょっとして、声が出ないのか？　女の子はどうなんだ？　女の子も可愛い子だ。ツインテールだったな。そういう髪形をしている。髪を縛《しば》っている真っ赤なリボンが眼にも色鮮やかだ。

周りに、大人はいない。

誰もいない。

「このアパートに住んでいるのかい？」

見たことはないが、ここは、この古アパートは二棟《とう》並んで建っている。戸数《こすう》は全部で二十戸か。ここに住んでもう十八年になるが、知らない間に引っ越してきて、見知らぬ子供がいたとしても不思議ではない。そもそもどんな人たちが住んでいるかは、ほとんどわからない。

二人とも、ニコニコしているが、質問に答えない。ちょっと嬉しそうに身体をゆすって、首を傾《かし》げたり。

やはり、声が出せないのか？　喋《しゃべ》れないのだろうか。反応からして耳は聴こえていると思うんだが。唇を読んでいるんだろうか。

どこの子か。

顔を合わせて挨拶《あいさつ》するのは、この廊下の並びの田中《たなか》さんと南《みなみ》さんと吉川《よしかわ》さん、あと向かいの棟の市川《いちかわ》さんか。その他に二、三人名前は知らないけれど顔なじみの住人はいるが、それ以外はほとんどわかっていない。知らない。

「そこは、おじさんの部屋なんだ」

ドアを指差すと、二人してドアを振り返って見て、ぴょん！　と勢い良く立ち上がった。ほとんど同時に、だ。

風で、階段がきしむ音がした。また風が強くなってきたな。ここの廊下は風が吹いてくると上手い具合《ぐあい》に加速して通り過ぎるみたいで、下手《へた》に物を置いておくと飛んで行ってしまうぐらいだ。

二人が嬉しそうに笑う。風に身体を押されたのが、楽しかったのか。今は、春休みか。そうだな、きっと小学校は休みだ。だからこうやって大人抜きで外にいたとしても不思議ではないが。

「どこに行くのかな？　おじさんは部屋に入るけど」

意識して、まっすぐに顔を見て、少しゆっくりと喋ってみる。唇の動きがよくわかるように。また何も言わずに、嬉しそうな顔をする。ニコニコしている。

まるで、自分たちも部屋に入れてくれるのかと期待するみたいに。

でも、部屋に入れるわけにはいかない。このご時世だ。見知らぬ他人の子供に世話を焼いたとしても、誘拐《ゆうかい》とか拉致《らち》とかで通報されるかもしれないやまて。

（まさか）

虐待《ぎゃくたい》でもされているのかこの子たちは。そんなふうには見えないが、助けを求めているのか？

見えるところに痣《あざ》やひどい怪我などはない。服に隠れているところはどうか。しかしここで服をめくって見せてごらんなどとも言えない。そんなことをしたら今度は小児性愛者で逮捕《たいほ》されかねない。

「なぁ、君たちは喋れないのかな？」

笑ってる。ドアの前でぴょんぴょん跳《と》びはねている。嬉しそうに。

ここにいるのは、何か事情が、理由はあるんだろう。そして俺に何か懐《なつ》いているような雰囲気《ふんいき》なのも、きっと理由があるはずだ。

どっか行け、と冷たくするわけにもいかん。警察に電話するには、まだ早い。

「よし、じゃあドアを開ける。入っていいぞ。ただし、このドアは開けておくからな」

今日はこの時期にしては気温が高い。ジャケットを羽織《はお》って買い物に出たが、少し汗ばんだぐらいだ。寒くはないから、大丈夫だろう。それに開けておけば何かあったときにきちんと説明ができる。未成年略取とかそういうのではないですよ、と。

ドアの鍵を開けて、全開にする。二人が本当に文字通りに飛ぶようにして、いや誇張抜きで本当に飛んだんじゃないかってぐらいの勢いで部屋の中に飛び込んでいった。

「おいおい」

どっかにぶつかるんじゃないぞ。その前にドアが風で閉まってしまわないように、何かストッパーになるものはないか。

安全靴でいいか。あれは重いがさすがに強風には耐えられないか。そうだビールをケースで買っておいたんだ。中に入ってすぐの台所の隅《すみ》に置いてあったビールのケースを持ってきて、ドアのストッパーにする。

「なぁ」

子供たちを見た。

いない。

「え？」

台所と続いた居間と、もう一部屋しかない狭いアパートだ。寝室にしている部屋に入ったのか？　いや、しかし襖《ふすま》は閉じているが。

慌《あわ》てて襖を開けた。

「どこ行った？」

姿が、ない。

笑い声が聞こえた。

押し入れ？

押し入れを開ける。布団《ふとん》が入っているはずなのに、いや入っているのに、二人の姿がそこにあった。跳び出してきて、楽しそうに笑っている。

どうやって襖と布団の隙間《すきま》に入っていたんだ？　そもそもいつの間に入ったん

だ？

「騒ぐな。下の部屋の人に怒られるぞ」

いや待て。

さっき押し入れから跳び出してきたのに、足音ひとつしなかったな？　どれだけ身軽なのか。

サーカスの子供たちなのか？

何かで、ドキュメンタリーを見たことがある。サーカスの一座で暮らす子供たちだ。転校が多く友達も少ない子供たち。サーカスの軽業《かるわざ》などを練習しているので必然的に身軽で、かつサーカスで働く大勢の大人たちと暮らしお客さんとも触れ合うから、人懐っこい子供たち。

この子たちはそういう子なのか？

「え？」

一人増えている。

今度はもっと小さな子供だ。明らかに幼稚園ぐらいだろう。男の子なのか女の子なのかちょっとわからない。おかっぱ風の髪形に、ツナギのような赤い服を着ている。その子が台所のテーブルの椅子《いす》にちょこんと座っている。

こっちを見て、にっこり笑う。

「こんにちは」

喋った。この子は喋れるのか。

いや待ってくれ、本当に何なんだこの子たちは。

「君は」

居間を見たが、あの二人は今度は窓を勝手に開けて、そこから入って玄関ドアから抜けていく風を心地《ここち》よさそうに身体に受けている。空を見上げるようにしている。何かを見ているのか。

「あの子たちの、えーと」

どう訊けばいいんだ。こんな小さな子と話すのなんかいつ以来かもわからない。

「皆はきょうだいかい？」

「うん」

頷いて、答えた。良かった。初めて会話が成立した。いちばん小さそうな子なのに。

「お兄ちゃんと、お姉ちゃんかい？」

「そう」

「そうか、どうしてここに来たのかな？　いつ入ってきたの？」

「さっき。呼ばれたから」

呼ばれた。

誰に？

「ジュース飲んでいい？」

冷蔵庫を指差した。

「いや、ごめんな、ジュースはない」

子供が飲めるものは、水しかない。せいぜいが日本茶か。

「あるよ」

「ある？」

「そこに、いっぱいあるよ」

また冷蔵庫を指差す。老人の一人暮らしには似合わない、家族持ちが使いそうな大きな冷蔵庫なんだが、もう十年以上前に会社の上司から古いのを貰《もら》ったものだ。だからもう二十年近く経っているはずだが、現役で使えている。

「いや、ないんだが」

冷蔵庫を開けた。

思わず、のけ反《ぞ》ってしまった。

「なんだ？」

冷蔵庫の中には、食材が詰まっていた。いや、食材というか、お菓子やらジュースやらとにかくいろんなものがみっしり詰まっている。こんなに詰め込んじゃ、ただでさえ古くて冷蔵の効きが悪いのに、ますます効かなくなってしまう。

違う、そういうことじゃない。

いつもは、スカスカなんだ。せいぜい二、三日分の食材しか買わない。今日だってスーパーで買ってきたのは卵と豆腐とネギとうどん玉とキムチだ。

白いご飯だけ炊いて後は残っている豚肉やら白菜やらキャベツやらを使っていけば、ベーコンもあるから、二、三日は、いや一週間は暮らしていける。

それなのに、今、冷蔵庫には、一ヶ月ぐらいここで籠城《ろうじょう》できるんじゃないかってぐらいの食材が詰まっている。

「野菜室は？」

野菜がたくさん。トマトの赤さが目に染みる。

「冷凍室もか？」

冷凍室には、冷凍食品がまるで店員さんが詰め込んだみたいにピシッと並んでいた。ギョウザやらなにやら。肉まんもあった。

魔法か。

この子たちは魔法使いか。

確かに俺はもう還暦《かんれき》過ぎて老人だと傍目《はため》からでも自分からでも言えるような年齢

だが、ウルトラマンを観てきたんだ。もっと古いものも観てきた。エイトマンだって宇宙エースだって宇宙少年ソランだって。忍者部隊月光《にんじゃぶたいげっこう》もだ。怪奇大作戦《かいきだいさくせん》なんて新しい方だ。

　魔法だろうと超能力だろうと宇宙人だろうと超常現象だろうと何だろうと、この身と心に染みついているし、何でも即座に理解できるが。

「君たちが持ってきたのか？」

　魔法でも超能力でもない。

　そんなものは現実にはない。

　なければ、今ここで起こっている事態は、この子たちが、もしくはこの子たちにかかわる誰かが何らかの手段で起こした出来事、具体的には食材を持ってきてここに入れた、ということになる。

　そもそも窓のところにいる男の子と女の子は俺の部屋の前に座っていたんだ。

　もっともその時点で、俺の部屋に侵入して冷蔵庫にこんなものを詰め込み終わっていたということも考えられる。むしろ、そう考えるのが自然というか、それしか方法がない。

　どうしてそんなことをするのか、皆目見当《かいもくけんとう》がつかないが。

　ドッキリでもないだろうし、どこかの金持ちがお遊びでそんなことをするのは、まぁ考えられないことでもない。YouTuberなんかで、どこかからカメラを回しているかもしれない。ああいう連中はただの露悪趣味《ろあくしゅみ》なのがほとんどだ。

「美味《おい》しいよ」

もう飲んでいる。リンゴジュースか?

「おじさんも、好きなもの飲んでいいよ。そっちにお酒もあるから」

お酒?

そっち?

茶箪笥《ちゃだんす》の上に、ウイスキーやら何やらの瓶《びん》が並んでいた。買った覚えはまったくない。あれはブランデーじゃないか。日本酒の一升《いっしょう》瓶が床に並んでいた。越乃寒梅《こしのかんばい》があるぞ。

「ご飯やお菓子もたくさん食べていいよ」

楽しそうに、嬉しそうに笑う。いつの間にか窓のところにいた男の子と女の子も、台所に来てお菓子を食べていた。

「一緒に食べようよ」

頭が痛くなってきた。

どこからどうツッコめばいいのか。そもそも何をどうやって、この小さな子供たちに訊けばいいのか。

俺はこれからどうすればいいのか。

何をしたらいいのか。

よーしじゃあお肉もあるし今夜は皆ですき焼きだ！　とでも言ってこの子たちを喜ばせればいいのか。

本当に頭が痛くなってきた。

何だか、寒気《さむけ》もする。

風が冷たくなってきたか？　何せ玄関と窓が開けっぱなしで風が盛大に通り抜けているんだ。寒気、が、足下から、いや身体全身に来ている。震えている。

「あのな」

やばい。歯の根が合わない。これは、本気で熱が出てきた。人生で一度か二度ぐらいしか体験したことのない、急に熱が出てきて倒れそうになる事態だ。何だ一体これは。

「俺は、布団を敷《し》くから。寝るから」

すぐに、風邪薬《かぜぐすり》。栄養ドリンク。いや、子供たちがいる。むしろ一一九番に電話して救急車とついでに警察に来てもらった方が。

その方が。

☆

布団だ。

布団に寝ている。俺の布団の匂いがすると思って、眼が覚めた。天井《てんじょう》もいつもの俺の部屋の天井だ。

寝たのか。そうか、寝たんだ。自分で布団を敷いて。

いや、覚えがない。

そう思ったとき、良い香りがすることに気づいた。布団じゃない。女性の、香水のような香り。

顔を横に向けると、そこに、女性が座っていた。俺が布団で寝ている横に座っている。

看護師さん？

俺は、救急車を呼んだのか？

「あ」

女性がにこりと微笑《ほほえ》んで、俺を見た。

「気づかれましたね」

「え、と」

頭がはっきりした。そうだ、俺は寒気がしてきて熱も出てきて、立っていられないほどになってしまって。

その後の記憶がない。

慌てて身体を起こした。いやまてこの女性の前で俺は何を着ているんだ。パジャマ。しかも、俺のじゃない。何だか高そうな生地《きじ》の新しいパジャマだ。

「もうお熱も下がったでしょうからね。お腹《なか》も空《す》いているんじゃありませんか？」

「お腹」

そう言えば空いている。そして、身体はすっきりしている。死ぬんじゃないかと思ったぐらいの寒気も熱も、ない。本当に熟睡《じゅくすい》して起きた朝みたいにすっきりしている。

「あの、あなたは」

看護師さんかと思ったが、ナース服など着ていない。白いことは白い服だが、優《ゆう》雅《が》な感じのゆったりしたシャツに、クリーム色のこれもゆったりしたパンツだ。全体的に、本当に優雅な、セレブな雰囲気の奥様って感じだ。

歳の頃は、わからない。三十代にも、六十代にも、いや今微笑んだ顔なんかは二十代にも見える。

「グラタンがありました。冷凍食品ですがあれはとても美味しいですよ。食べませんか？　食べたいでしょう？」

グラタン。

食べたいな。

「準備しますから、どうぞ起きてきてください」

自分の部屋の台所。優雅な感じの女性が眼の前にいて、微笑んでいる。あの子たちはどこへ行ったんだ。帰ったんだろうか、自分の家に。

「どうぞ」

「あぁ、すみません」

「お一人で食べるのを見られるのは食べ難《にく》いでしょうから、私もいただきますね」

「はぁ、どうぞ」

これは、あれだろう。あの子供たちが持ってきて冷蔵庫に入れた冷凍食品なんだろう。食べちゃっていいのかと思うが、何か逆らえないような雰囲気がある。何よりも、腹が空いている。

旨《うま》い。

近頃の冷凍食品がものすごく美味しいという話は聞いていたが、こんなにも旨いのか。これなら毎日冷凍食品でいいんじゃないか。

「食べながらで失礼なんですけど、本当にご迷惑をお掛けしましたね」

「はい？」

迷惑？

女性が、そういえばまだ名前も聞いていないし、どうしてここにいるのかも確認していない。

「あの子たちです。あの子たちが来たばっかりにあなたにとんだご迷惑をお掛けしてしまって」

そうなのか。やはりこの女性は、あの子たちの、母親？　いやきっと違うな。そんな雰囲気も無きにしもあらずだが。

「あなたは、保護者の方ですか？」

にこりと微笑む。その微笑みが、何というか、人とは思えないほどに美しい女性だ。ＣＧで作ったんじゃないかというぐらいに完璧《かんぺき》な美しさを放っている。

「保護者ではないのですが。あの子たちは風の子なんですよ」

風の子。

風、とか、そういう名前の塾とか施設とか、サーカス団とか何かがあるんだろうか。

「貧乏神から話を聞きまして、ひょっとしたらと思って飛んで来たんですよ。そうしたら案《あん》の定《じょう》、あなたが熱を出して倒れる寸前でした」

貧乏神？

この人は、何の話をしているんだ？

ひょっとして俺はアブナイ人に関わってしまったのか。それとも新手《あらて》の詐欺《さぎ》集団なのか。どんな詐欺だろうと取られる金などないからいいんだが。

「何の話を聞いたんですか？　貧乏神って、芸名か何かですか？」

女の人は、ちょっとだけ瞳を大きくさせた。まだわかっていないんですね？　というような表情を見せる。

「風の子が、あなたにぶつかったという話ですよ」

ぶつかった。

あ、じゃあ。

「ひょっとして、貧乏神ってあの人ですか。あの子が俺にぶつかったときに近くにいた男性」

サラリーマン風の男性。

「昼ご飯のお弁当でも買いに来た感じの」

「そうです。観察眼も鋭いですね。やっぱりそういう資質《ししつ》を持った方はいらっしゃるんですよね」

　どういう資質なんだ。

「あの男性が貧乏神？」

「そうです。近くの会社で営業マンをやっていましたね」

　貧乏神が営業マン。何かのコントならおもしろそうなんだがまさか名前が貧乏神ってわけでもないだろう。

「風の子ですが、あなたたち人間は、〈風神《ふうじん》〉と呼ぶこともありますね」

　風神。

　風の神。

「え？」

「風神は、普通は絶対に人には見えません。風ですから。でも姿形は人の子供なんです。あなたにぶつかったということは、あなたは風にとても近しい人なのでしょう。そういう、お仕事だったんですね？」

　仕事。そう、風は常に気にしていた。頻に、身体にぶつかってくる風だけで風速何メートルかはすぐにわかるほどに。

「そういう人は滅多《めった》にいないんです。百年に一人いるかいないかでしょうね」

　百年。

あの子たちは何年あの姿でいるんだ。いやずっとそうなのか。

「だから、喜ぶんです。嬉しいんですよあの子たちは。他の神様と違って人と一緒に過ごせることはまずないので、自分たちと遊べる人だってわかると本当に喜んじゃって、その人にいろんなものを運んでくるんです。福も、厄災《やくさい》もいっぺんに何もかも。風というのはそういうものでしょう？」

風は、吹かなければ困る場合があるだろう。かといって、吹き過ぎるのも困る。そうだ、台風なんか確かに厄災だ。それで人が死んでしまうことだってある。しかし、農作物や自然に生きる動物なんかには、風が必要だ。風力発電だってある。風が淀《よど》むと、人間だって具合が悪くなることがあるだろう。稲だって風が吹かないときには病気になると聞いたこともある。

風は、福も厄災も運ぶ。確かにそうだ。それは確かにそうだろうが。

風神？　貧乏神？

この人は、真面目《まじめ》な話をしている。詐欺とかアブナイ人とか、そういうんじゃない。それは、今わかった。

あの子たちは、風神。

風の神様。

「俺に、見えた。その姿が」

「そうですよ。でも、大丈夫です。あの子たちは一度かまってやると、もう来ませんん。ただ、これからいつも以上に風に好かれてしまうかもしれません。けど、それは勘弁《かんべん》してやってくださいね」

「風に好かれるとは、いつも俺の周りに風が吹くとか、ですか？」

こくん、と微笑みながら頷いた。

「そよ風みたいなものですよ。ときどき夜中に窓を軽く打ったりするかもしれませんけど、やぁ、とでも挨拶してやってください。それで喜んで機嫌《きげん》良く毎日過ごしていきますから」

風神の機嫌が良ければ、会社の連中も仕事中に風に悩まされることが少なくなるだろうか。それならそれでいいか。

「俺の熱が出たのも」

「風邪の菌を運んできてしまったんでしょうね。ごめんなさいね」

「冷蔵庫一杯の食材は」

「あれは、近所のスーパーから持ってきてしまったみたいですね」

え、あそこから？

「それは、万引《まんび》きですよね？」

「今返しに行ったら警察沙汰《けいさつざた》になっちゃうので、貰っておきましょう」

貰っておきましょうって。

「大丈夫です。福の神に頼んで、しばらくあそこでパートをやってもらいます」

「パート？」

福の神が、パートのおばさん？　いやおばさんかおじさんかわからんが。

「福の神がいる間は、かなり繁盛《はんじょう》しますよ。こちらに届けた分の損失分プラスアルファぐらいは確実に儲《もう》けさせます。それ以上はちょっと無理ですけど」

風神に、貧乏神に福の神。

そんな神様たちが、いるのか。本当に。そして貧乏神はサラリーマンをやってて福の神は今度はパートをするのか。

「あなたは」

「私も、滅多に人とはかかわりませんが、女神《めがみ》と呼ばれますね」

女神様。

何の女神なんだ。

「ご迷惑をお掛けしたので、寝ている間に掃除はしておきましたので」

「掃除？」

「台所もトイレも何もかもピカピカですよ。磨《みが》き上げておきました」

トイレには美しい女神様がいるって、誰かが歌っていたな。そうだ、ばあちゃんは箒《ほうき》にも女神様がついているって言っていた。

「女神様とお呼びすればいいんでしょうか？」

「呼ばなくてもいいですけれど、どうしても呼びたければディートリッヒと呼んでください」

ディートリッヒぃ？

「マレーネ・ディートリッヒですか？」

そうだ、誰かに似ていると思っていたんだ。まさしくマレーネ・ディートリッヒが日本人だったらこんな姿になるだろうって感じの人なんだ。

「好きなんです。ごく稀《まれ》にですけど、彼女が銀幕にデビューしてからは、こうして人前に出るときには彼女の姿に似せています」

好きなんですか。女神様がマレーネ・ディートリッヒを。そして映画とか観るのか。

笑ってしまった。女神様は、何て人間臭いんだ。

「風神には会えなくても、ディートリッヒさんにはまた会えるのでしょうか？」

微笑んだ。本当に美しい微笑みだ。

「わかりません。でも、あなたは風神にも会えた珍しいお方ですからね。ひょっとしたら天寿《てんじゅ》を全《まっと》うするときに、死神が気を利《き》かせて呼ぶかもしれませんね。私を」

死神が。

そうか、死神も、神様だったな。

七回目の神様

人間誰しも大人になれば一つや二つ、人に言えない秘密を抱える。なんていう表現があるよね。小説や映画やマンガ、物語で登場人物がそう言ったりするんだ。

たぶん、大人なら素直に頷《うなず》けるんだろう。そういうもんだよってね。でも、大人にならなくても、子供のうちにそういう秘密を抱えてしまう子だっていると思う。墓場まで持って行く秘密だ、なんてセリフはカッコいいよね。

僕も、実感できるんだ。

名前は、花井《はない》幸生《さちお》。

なんかキレイで幸せそうで、名字《みようじ》も含めていい名前だなってよく言われる。僕も、そう思う。名前を考えたのは、母さんだそうだ。僕を産んですぐにひらめいたんだって。

花で幸せに生きるだから、ひょっとしたら花屋さんになるといいんじゃないかって言われたことがあって、何となくだけど、たまたま見つけたので、大学生になってから小さな花屋さんでアルバイトしてる。

この間、二十歳《はたち》になった。大学二年生。

花屋さんのアルバイトは、主に配達。届ける花をワンボックスカーに詰《つ》め込んで、市内を回って届けている。免許はこの間取ったので、慣れてきたら一人で回ってもらおうかなーって言われた。それまでは助手席だ。

何も知らなかったけど、単に花束とか観葉植物《かんようしょくぶつ》を届けるだけじゃなかった。お葬式《そうしき》とか結婚式とか、そういうところに花を届けるのも花屋さんの配達の仕事だった。結婚式は何となくすぐに、そうか、って思ったけど、お葬式の花は全然考えたこともなかったからちょっとびっくりした。そういえば、まだお葬式に出たことはなかったなって。

どっちのじいちゃんもばあちゃんもまだ生きているし、親戚《しんせき》や友達で死んだ人もまだいない。いつかは出る日も来るんだろうけど、その前に花屋の配達でこんなにもたくさんのお葬式の会場に来ることになるとは思ってもみなかった。

何だっけ。

そう、秘密だ。

僕も、誰にも言えない秘密をひとつ抱えている。

いや、ひとつじゃないか。二つかもしれないけど、それは繋《つな》がっているからひとつかもしれない。あ、ひと繋がりの秘密。ワンピースじゃん。そうか、誰かにこの話をするときが来たら、ひと繋がりの、ワンピースの秘密って言えばいいか。

まぁ話したところで信じてもらえそうもないし、ヤバい奴かなって思われるかもしれないので話すことはないだろうけどさ。

秘密はそのひとつだけなんだけど、もうひとつ。

これは別に誰に話してもいいんだけど、ちょっと微妙《びみょう》なというか何というか。

僕について回る出来事がある。

これで、七回目なんだ。

中学の頃から始まった、誰にも言ってない秘密のある出来事。出来事って言うのかな。何と言えばいいのかわからないけど。事故っていうのもなんだしな。

僕は、人が助けられる場面に出会《でくわ》すんだ。

意味はわかってくれるよね。

それも、本当に、生きるか死ぬか瀬戸際《せとぎわ》に立った人が助かるその瞬間《しゅんかん》に出会しているんだ。

言い直すとそれは、何度も命懸《いのちが》けで他人を助けた人に会っているって話になる。

これで、七回目。


「七回目?」

「そう」

「初めて聞くわ、そんな話」

母さんが、ただでさえ丸い眼をさらに真ん丸くした。母さんって本当に眼が丸いよね。まるでコンパスで描いたみたいに。

「初めて言ったからね」

病院のベッドの上だ。こうやって病院のベッドに寝ているっていうのも、僕は初めての経験だ。もう全然なんともないんだけど、車のフロントガラスに頭を打っているから、念のための検査をして一日入院していけって言われてしまった。

そして、慌《あわ》てて飛んできた母さんに話をしている。

今まで誰にも言っていなかった、人が助けられる場面によく出会すんだって話を。

「じゃあ、今回もそうだって言うの？」

「そう。また人が助けられる場面に出会してしまった」

今回は、不謹慎《ふきんしん》な言い方になるけれどいちばんド派手《はで》だった。何せ、高速道路の上から車が落ちてきたんだから。

そして、今まで巻き込まれて僕が怪我《けが》することはまったくなかったけれど、今回は巻き込まれてしまって、まぁ怪我はしていないんだけど、こうやって病院のベッドの上にいるんだ。

「どういうことだったの。高速道路から乗用車が落下して、下の道路を走っていた車が下敷きになったとしか聞いていないんだけど。そしてあなたの運転していた車はそのすぐ後ろを走っていたって」

「うん」

まぁそういうことなんだろうけど。

「僕が運転していた花屋さんの車ね。今日は一人で運転していたんだ。届け先は二つしかなくて、花束だけだったから」

初めて、一人で配達に出たんだ。

「市内の近いところだったからね」

「うん。ちょうど良かったのね。一人で配達する練習に」

「そう」

母さんにはバイトの細かいことまで話している。バイト先の花屋をよく知っているんだって。姉弟でやってるところだってことまで知っていた。

「一軒目を配達し終わって、環状《かんじょう》通りに出てさ、普通に走っていたんだ。全然スピードは出していなかった」

たぶん、ほぼ法定速度。まぁ五十キロのところを六十キロぐらいで、十キロぐらいはオーバーしていたかもしれないけど、それぐらいは普通のことだと思う。

「前を走っていたのは、同じようなワンボックスの車だったんだ。けっこう古かったしいろんな荷物を積んでいたから、たぶん何かの会社の車なんだと思う。そうしたら、その車が信号の手前ぐらいで急にブレーキを掛けてさ」

速度は出ていなかったし、車間距離もけっこう空《あ》いていたから慌てたりはしなかった。もちろん、僕もブレーキを掛けた。

「何か、犬でも猫でも飛び出してきたのかなって、瞬間的に思ったんだ」

そういう停まり方だった。

「でも、すぐに運転席側の窓が開いて、ドライバーが顔と手を同時に出して、後ろの僕の方を見て『下がれ！』って言って手を振ったんだ。こうやってさ」

ベッドの上で実演してみせた。

下がれ、下がれ！　って
「一体どうしたのか、何のことかさっぱりわからなかったけど、ちょうど前の信号を変わり目で通過《つうか》したから、僕の後ろに車はいなかったんだ。もうちょっと経《た》っていたら後続車が来ていたけど」

「うん。下がれる状況だったのね？」

「そう。とにかく真剣《しんけん》な様子だったから、下がったんだ」

ギアをバックに入れて、急いで下がった。そのワンボックスも僕の車の動きに合わせるように急に下がってきた。

「ぶつかりそうな勢いだったから、僕も後ろを見ながらさらにアクセル踏み込んで下がったんだ。そのときだよ」

音がした。

普段はまったく聞かない、聞いたこともない衝突音《しょうとつおん》。

何かが壊れ崩《くず》れる音。

「何が起こったのかわからなかったんだけど、人間の感覚って不思議だね。音の方向は上だってすぐにわかって、前に身を乗り出して上を見たんだ」

「車が、落ちてきたのね⁉」

「そう」

ダイブしてきた。

乗用車が。

まるでアクション映画のワンシーンみたいに。そうして、僕の前にいた車の屋根に、突っ込んで行ったんだ。

いや、正確に言うと。

「わかるかな」

スマホを取った。

「これが高速道路から飛び出してきた車だとすると、こんな感じで防音壁を突き破って飛び出してきたんだ」

「普通に走ってきたままで、前を向いて落ちてきたのね」

「そう、このまま落ちていって下の車の屋根《やね》に突っ込んだとすると突き刺《さ》さるようになるよね？　そうなると運転手だってただじゃ済まないと思うんだけど」

下手《へた》したら、いや下手しなくても死亡すると思う。

「でも、僕の前のワンボックスは、この落ちてきた乗用車が屋根にぶつかったその瞬間に一瞬バックしたんだ。本当に、ぶつかったそのコンマ何秒ぐらいの瞬間に。だから、この乗用車はこんなふうに突き刺さらないでお腹《なか》からワンボックスの上に落ちた形になった」

スマホは平行になるように落ちる形を見せた。

「そのまま、前から突き刺さるんじゃなくて、ワンボックスの屋根と平行にどすん、と」

「そう」

この眼で間違いなくその瞬間を見た。乗用車の運転手は奇跡的に打撲《だぼく》ぐらいで済んだらしい。

「それに、ワンボックスの運転手は、乗用車が高速道路から落ちてくる前に停まって僕に『下がれ！』って言ったんだよ。これもう明らかに、落ちてくるのがわかったから、乗用車を助けるためにやったことだってね」

わかったんだ。僕には。

そして、あ、まただって。

「また僕は人が助けられる場面に出会してしまったんだって」

「ちょ、ちょっと待って」

母さんが手を振って言った。

「あなたのその話だとね。その前を走っていたワンボックスの運転手さんが、まるで超能力者みたいじゃないの！　瞬間的に事故を察知して、しかも超人的な感覚と運転テクニックで、本当なら死んでいたはずの人を助けたってことよね？」

「そう。信じてもらえないかもしれないけど」

「信じるわよ。信じるけど、ひょっとして幸生、あなたそのワンボックスの運転手さんに七回会ってるって話なんじゃないの？　七回とも、人を助けたのは同じ人だから、あなたそう思っているんじゃないの？」

ちょっと驚いた。

「よくわかったね母さん。それは言わなくてもいいかなって思ったんだけど」

そうなんだ。

僕はこれで七回、本当なら死んでいたはずの人が助けられる場面に出会したけど、その七回とも、助けたのは同じ人だと思う。

「でも、母さん。僕は同じ人だって思ってるけど、見た目は全然違うんだ」

「違うの？」

「まったくの別人」

一回目は、中学校のときだ。

「そのときは、若い男の人だった」

二回目は、おじいさん、三回目は、中年のハゲ頭の男。

「四回目も五回目も六回目も、違う人だった。共通点は男っていうだけ。今回のワンボックスの運転手も中年の太ったおじさんだった」

そのおじさんは、乗用車が上から落ちてぶつかってきた車の中にいたにもかかわらず、怪我ひとつなかったって話だ。どこの誰かも僕は知らない。

「警察は話を聞いているから、誰かはわかっているんだろうけど」

「姿形は違うのに、同じ人だって思ったのはどうしてなの？」

「わからない。そう感じただけなんだ」

母さんは、真剣な顔をして話を聞いて、僕を見つめていた。

「どうして、今回はその話をしようって思ったの？」

「まぁこうやって病院に来ちゃったから、話はしなきゃなって。初めて巻き込まれたし。心配掛けちゃったからね」

うん、って母さんは頷いた。

「信じるわよ、母さんは。あなたがそう感じたのなら、そうなんだろうなって」

ニコッと笑った。

「きっと、あなたには神様がついているのかも」

「神様？」

神様って。

母さん、無宗教なのに。

「何の神様」

「わからないけどね。なんかの神様よ。そのいつも人を助けている男の人が、きっと何かの神様なのよ。いるのよ。この国には、いろんな神様が」

「そう思ってるの？　母さんは」

大きく頷いた。

「思ってる。だってね、幸生」

「うん」

「内緒《ないしょ》よ。今まで誰にも話したことないの。母さんはね、神様と友達なの。昔はよく一緒にお酒を飲んだのよ」

え？

なにそれ。

「それだけ教えてあげる。後は、内緒。母さんの墓場まで持って行く秘密なの」

☆

消灯《しょうとう》は、九時。

暗くなってしまった。

いや眠れるはずがない。しかも四人部屋なんだけど、入っているのは僕一人。夜の病室に一人きりって。

母さんに持ってきてもらったiPadで映画でも観ようと思っていたんだ。イヤホンで聴けば全然大丈夫《だいじょうぶ》。二本ぐらい観たら、きっと眠くなると思うんだ。

でも、夜の病院ってとんでもなく静かなんだと思ったら、そうでもなかった。廊《ろう》下《か》を歩く看護師さんの足音や、誰かがトイレに行く音、外から聞こえてくる車の音、ナースステーションのモニターの音、携帯電話の鳴る音、意外といろんな音が聞こえてくるんだ。

イヤホンをしようと思ったら、足音が聞こえて病室のドアがするすると開く音がした。誰か看護師さんが来た、と思ったら声がした。

「花井さん、幸生くん、起きてるでしょう」

「はい」

カーテンが開いて、笑顔で立っていたのは担当の看護師さんの伊沢《いざわ》さんだ。名前はもう覚えた。きっと母さんと同じぐらいの年齢のベテラン看護師さん。

「ごめんね、消灯したのに」

ベッドの脇に来て、カーテンを閉めた。

「いえ、何か?」

伊沢さんが、ニッコリと微笑《ほほえ》んだ。

「昼間ね、お母さんがいらしたときにお話ししていたでしょ。あれ、ちょっと聞こえてきちゃったの」

「え」

「七回も、本当なら死んでいたはずの人を助けられる場面に出会したって話よ」

「あ、そうなんですか」

聞いていたのか。病室に入ってこようとしたらそんな話をしていたので、声を掛けるに掛けられなかったってところだろうか。

「別にいいですよ。聞かれて困る話でもないです」

「それでねぇ、これはもうきちんとお話しした方がいいんじゃないかって思ってね。呼んだの、彼を」

呼んだ？

「誰をですか」

お話しした方がいいって、何でしょうか。

「彼よ」

伊沢さんが、くいっ、と顎《あご》を動かした。ベッドの反対側を。慌てて振り返ったら、そこに白衣《はくい》姿の男の人がいた。

お医者さんかと思った。

違う。

「死神さん⁉」

「お久しぶりです。幸生くん」

死神さんだった。

中学生のときに、〈山の神〉と一緒に森の中にいたときに現れて僕を助けてくれた、イケメンの死神。

僕と同じ名前、幸生という名前の死神さん。

もう僕が死ぬときにしか会うことはないって言っていたのに。

「どうしたんですか⁉　僕、死ぬんですか？」

「大丈夫です」

　死神さん、幸生さんが笑った。

「死にません。まだまだずっとずっと幸生くんは元気に人生を生きていきます。私がここに来たのは、そこの看護師である伊沢さんに話を聞いたので、説明をするためです」

「説明」

　看護師さん、伊沢さんが頷いている。

「え、看護師さん、死神さんを知っているんですか？　っていうか見えているんですね？」

「彼女は、〈福の神〉なんですよ」

　福の神。

「あの、いろんな福を運んでくれる〈福の神〉ですか？〈山の神〉と同じような神様？」

「そうなのよ。今はこうやって看護師をしているけれどね。あ、花井くんが退院する明日にはいなくなっちゃうけど」

　いなくなる。

「ここでの役目は終わったのでね。また違うところで、違う人になって〈福の神〉

の役目を果たすわ。私たちは、そういうものなの。死神は全然違うけどね。役割が」

役割。

「じゃあ、僕はここに看護師さん、伊沢さんがいたことも内緒にしなきゃならないんですか？」

「内緒にしなくてもいいけれど、どのみち私の記憶は普通は全部消えちゃうから」

消えるんだ。

「あ、花井くんは別ね。あなたは〈山の神〉を見つけて、しかも〈死神〉とも話した人だからね。私のことも覚えているけれど、でも誰にも話す必要はないでしょう？」

「はい」

まぁ話すこともないとは思うけど。

あ、じゃあ。

「ひょっとして、僕が七回会った、あの男の人も何かの神様なんですか？」

「大変素晴らしいご理解です」

幸生さんが、ゆっくり微笑みながら頷いた。

久しぶりに会ったけど、死神さん全然変わっていない。やっぱり神様たちは歳なんか取らないんだろうな。

「幸生くんが今まで会った男は、少し私たちとは違うので説明が難しいのですが、簡単にわかりやすく言えば〈仙人《せんにん》〉です」

仙人？

「あの、修行をして神様みたいになったっていう仙人ですか？」

「その通りです。元々はあなたと同じ人間だったのですが、ものすごく頑張《がんば》ってほとんど神様に近い存在になってしまった男ですね。当然ですが、不老不死《ふろうふし》です」

不老不死。

「何年生きているんですか？」

「確か彼は、かれこれ五百年ほどこの世にいるはずです。私よりもずっと長くやっていますね」

「え、死神さんって何歳なんですか」

「私たちに生死の感覚はありませんが、人間の感覚で言えば、私はおおよそ三百歳という計算になるでしょうね」

五百歳の仙人と、三百歳の死神。

伊沢さんを見たら、伊沢さんは悪戯《いたずら》っぽく笑った。

「女性に年齢を訊《き》くものじゃないわよ。年齢なんかないけれどね」

「すみません」

「でも、そういう感覚で言うと、私は死神よりは少しばかり若いわね。二百五十年ぐらい福の神をやっているから」

二百五十年。

何だかスゴイ。

「じゃあ、その仙人さんは、ああやって人の命を救うことをする役割をしているってことなんですか？」

言ったら、死神さんは少し難しい顔をしながら頷いた。

「そういうご理解でいいとは思いますが、そもそも仙人に神様たちみたいに、役割などありません。修行の結果、人間離れした神のような力を得た者ですからね。何をしようが自由です。咎《とが》められることも褒《ほ》められることもありません。ですから、彼の趣味《しゅみ》みたいなものでしょうね」

「趣味」

人助けが趣味の仙人。

それはまぁ、素晴らしくてありがたいことだと思う。実際、僕は七人もの人が彼に助けられるのを見てるんだし。

「それを、仙人さんが趣味で人助けしているのを、たまたま僕は七回も目撃してしまったってことですか」

「そこなんですが」

死神さんが、しゅっ、と人差し指を立てた。

「どうも幸生くんはその生まれも含めて、そういうものを引き寄せてしまうようになってしまったみたいです。あの〈山の神〉の件も含めてですが」

「引き寄せるんですか？」

僕の生まれ？

「ひょっとして、死神さん。母が昼間、神様と友達だったって言っていたんですけど」

死神さん、幸生さんが微笑んだ。

「その通りです。君のお母さんとかつてよく酒を飲んでいた友人の神様というのは、私です」

母さんが、死神さんと友達だったたって。

「え、じゃあひょっとして僕と同じ名前だっていうのも」

「そこは、私の口からは話さないでおきましょう」

え、ここまで話して。

「お母さんが話さないことを、私から言うわけにはいきません。これは、契約みたいなものですから」

「契約」

「その代わりと言ってはなんですが、もしも、この先、幸生くんが私たち神様たちの何かに巻き込まれたり、困ったことになったときには私を呼んでください。いつでも、どんなところにも参上《さんじょう》します」

「どうやって、呼ぶんですか」

死神さんは、小さく微笑んだ。

「死神の幸生、と声に出して呼んでいただければ結構です。その際に、余裕があるようであれば、どんな格好《かっこう》で現れればいいかも言ってください。お望みのスタイルで参上します」

そう言って、死神の幸生さんは微笑んだ。

著者紹介

小路幸也（しょうじ　ゆきや）

1961年、北海道生まれ。広告制作会社勤務などを経て、2002年に『空を見上げる古い歌を口ずさむ pulp-town fiction』で、第29回メフィスト賞を受賞して翌年デビュー。温かい筆致と優しい目線で描かれた作品は、ミステリから青春小説、家族小説など多岐にわたる。2013年、代表作である「東京バンドワゴン」シリーズがテレビドラマ化される。

おもな著書に、「マイ・ディア・ポリスマン」「花咲小路商店街」「駐在日記」「国道食堂」各シリーズ、『猫ヲ捜ス夢 蘆野原偲郷』（徳間文庫）、『〈銀の鰊亭〉の御挨拶』（光文社）、『スローバラード Slow ballad』（実業之日本社文庫）、『三兄弟の僕らは』（PHP研究所）、『東京カウガール』『すべての神様の十月』『ロング・ロング・ホリディ』（以上、PHP文芸文庫）などがある。

本書は月刊文庫『文蔵』2020年6月号～2021年5月号に連載された『続・すべての神様の十月』を改題し、加筆・修正したものです。

PHP文芸文庫　すべての神様の十月（二）

2021年９月21日　第１版第１刷
2021年10月５日　第１版第２刷

著　者　小路幸也
発行者　後藤淳一
発行所　株式会社ＰＨＰ研究所
東京本部　〒135-8137 江東区豊洲5-6-52
第三制作部　☎03-3520-9620（編集）
普及部　☎03-3520-9630（販売）
京都本部　〒601-8411 京都市南区西九条北ノ内町11
PHP INTERFACE　https://www.php.co.jp/

組　版　朝日メディアインターナショナル株式会社
印刷所　株式会社光邦
製本所　株式会社大進堂

ISBN978-4-569-90154-1

PHP文芸文庫

すべての神様の十月

小路幸也　著

貧乏神、福の神、疫病神……。人間の姿をした神様があなたの側に!? 八百万の神々とのささやかな関わりと小さな奇跡を描いた連作短篇集。

PHPの本

三兄弟の僕らは

小路幸也 著

両親がいなくなったその日から、僕らは「普通」じゃなくなった——。家族の秘密に向き合いながら成長する兄弟達の絆を描いた感動作。

PHP文芸文庫

東京カウガール

小路幸也　著

僕は撮ってしまったのかもしれない、彼女の「別の顔」を——。東京で相次ぐ暴行事件に隠された真実とは？　著者新境地のサスペンス小説。

PHP文芸文庫

ロング・ロング・ホリデイ

小路幸也 著

北海道・札幌――。大学2年生の幸平が、バイト先の喫茶店に集う人々との交流を通じて〝大人〟へと成長していく様を描いた青春群像劇。

PHP文芸文庫

第7回京都本大賞受賞の人気シリーズ

京都府警あやかし課の事件簿1〜5

天花寺さやか 著

人外を取り締まる警察組織、あやかし課。新人女性隊員・大にはある重大な秘密があって……？　不思議な縁が織りなす京都あやかしロマンシリーズ。

婚活食堂1〜5

山口恵以子 著

名物おでんと絶品料理が並ぶ「めぐみ食堂」には、様々な恋の悩みを抱えた客が訪れて……。心もお腹も満たされるハートフルシリーズ。